BIONICLE®

Jeux de pouvoir

D0168841

BIONICLE®

TROUVE LE POUVOIR,

VIS LA LÉGENDE.

La légende prend vie dans ces livres passionnants de la collection BIONICLE® :

BIONICLE®

Jeux de pouvoir

Greg Farshtey

Texte français d'Hélène Pilotto

Pour Michel et Marie,
avec amour

Catalogage avant publication de Bibliothèque et Archives Canada

Farshtey, Greg
Jeux de pouvoir / Greg Farshtey;
texte français d'Hélène Pilotto.

(BIONICLE; 3)
Traduction de : Power play.
Pour enfants de 9 à 12 ans.

ISBN 978-0-545-99811-6

I. Pilotto, Hélène II. Titre. III. Collection : Farshtey, Greg. BIONICLE; 3.

PZ23.F28Je 2007   j813'.54   C2007-900082-7

Édition publiée par les Éditions Scholastic,
604, rue King Ouest, Toronto (Ontario) M5V 1E1.

5 4 3 2 1   Imprimé au Canada   07 08 09 10 11

Personnages

LES TURAGA

Turaga Dume   Doyen de Metru Nui

Turaga Nuju

Vakama

Nokama   Anciens Toa Metru et Turaga des villages

Onewa   de l'île de Mata Nui

Whenua

Matau

LES TOA INIKA

Jaller   Toa du feu

Hahli   Toa de l'eau

Matoro Toa de la glace

Nuparu Toa de la terre

Hewkii Toa de la pierre

Kongu   Toa de l'air

Île de Voya Nui

LES MATORAN

Garan	Onu-Matoran, chef de la résistance
Balta	Ta-Matoran capable de créer des outils à partir de tout ce qui lui tombe sous la main
Kazi	Ko-Matoran qui connaît de nombreux secrets
Velika	Inventeur Po-Matoran
Dalu	Combattante Ga-Matoran
Piruk	Le-Matoran habile à se faufiler sans se faire voir

LES PIRAKA

Zaktan	Chef des Piraka à l'armure vert émeraude
Hakann	Piraka à l'armure rouge
Reidak	Piraka à l'armure noire
Avak	Piraka à l'armure brune
Thok	Piraka à l'armure blanche
Vezok	Piraka à l'armure bleue

1

D'aussi loin que les villageois Matoran pouvaient se souvenir, le pic vertigineux du mont Valmai avait toujours veillé sur Voya Nui. Malgré le danger qu'il représentait — après tout, il s'agissait d'un volcan extrêmement actif — le mont était considéré comme un gardien qui serait toujours présent.

Depuis le temps, le mont Valmai avait été témoin de tant de choses. Si la pierre avait pu parler, elle aurait raconté l'histoire d'une civilisation prospère occupant une partie d'un très grand continent. Puis l'histoire serait devenue plus sombre, car une portion de ce continent avait été arrachée au cours d'un cataclysme et projetée en l'air. Le Turaga qui y habitait était mort pendant l'ascension, ainsi que plusieurs Matoran. Lorsque la nouvelle île s'était enfin immobilisée sur une mer étrange, les villageois survivants avaient compris qu'ils devaient désormais se débrouiller seuls ou périr.

La lutte pour la vie était quotidienne. Il y avait eu

1

des victoires… et des défaites, comme la fois où un secteur de l'île abritant un village important s'était mystérieusement détaché et avait coulé. Depuis ce jour, les habitants de Voya Nui avaient pris l'habitude de jeter à l'eau des paquets de nourriture et d'autres objets en souvenir de ceux qui avaient disparu.

Pendant 1000 ans, les Matoran de Voya Nui avaient résisté aux tempêtes, à la famine, à la sécheresse et même aux éruptions du Valmai. S'il y avait d'autres gens sur l'île, les Matoran n'en savaient rien. Ils pensaient que leur destin était d'être seuls à jamais.

Valmai, lui, n'en croyait pas un mot.

Axonn se laissa tomber lourdement sur une dalle de pierre, affligé par ce qu'il venait de voir. La sagesse de plusieurs milliers d'années de vie l'habitait; une force bien plus grande que celle de n'importe quel autre être vivant circulait dans ses muscles et, malgré cela, il ne pouvait rien faire pour sauver ceux qui se battaient pour le triomphe du bien.

Les six héros, appelés les Toa Nuva, et six braves Matoran avaient osé défier les Piraka diaboliques qui avaient pris le pouvoir sur l'île. Pendant un moment, on les avait crus capables de vaincre ces êtres malfaisants, car les Piraka étaient en pleine déroute et avaient été vraiment surpris par l'arrivée des Toa Nuva. Mais il avait suffi d'un seul coup assené par le puissant Brutaka pour que tout espoir soit réduit à néant.

Brutaka. Comment avait-il pu en arriver là?

Axonn se rappela quand ils avaient été envoyés tous les deux en mission à Voya Nui, bien avant que le cataclysme arrache l'île au continent. Ils avaient été dépêchés par l'Ordre de Mata Nui, une organisation secrète, pour veiller sur les Matoran et, plus important encore, sur l'île elle-même. Car le cœur de l'île recélait le plus puissant Kanohi de tous les temps : le Masque de vie.

Axonn et Brutaka avaient bien fait leur travail. Lorsqu'un danger avait menacé la région, ils s'en étaient chargés, tout en prenant soin de ne jamais révéler leur présence aux Matoran. La première règle de l'Ordre de Mata Nui était que son existence ne devait jamais être divulguée. Même les Toa, ces compagnons gardiens de la lumière, ne savaient rien des activités de l'Ordre et ne soupçonnaient même pas son existence.

Quelque temps après le cataclysme, Brutaka s'était mis à changer. Il affirmait que le Grand esprit Mata Nui les avait abandonnés. Il disait qu'il était mort ou encore qu'il avait tourné le dos aux Matoran pour s'intéresser à un autre univers. Axonn avait répliqué que Mata Nui était plutôt prisonnier d'un profond sommeil d'où il émergerait un jour et qu'alors, tout redeviendrait comme avant. Mais Brutaka n'avait rien voulu entendre. Il avait continué à exercer ses fonctions, mais le cœur n'y était plus.

Axonn avait senti que son ami était au bord du gouffre. Mais il n'avait pas compris à quel point Brutaka allait sombrer dans la noirceur...

Brutaka se débarrassa du dernier Matoran inconscient en le lançant sur le tas qui se trouvait à l'extérieur de la forteresse des Piraka. Il s'était déjà chargé des Toa Nuva. Ceux-là, bien que toujours en vie – mais si peu – étaient quelque part où personne ne les trouverait jamais. Quant aux Matoran, l'un d'entre eux était interrogé et un autre avait pris la fuite dans la confusion qui avait suivi le combat. Tous les autres étaient voués à l'esclavage et aux travaux forcés sur les pentes du mont Valmai.

Brutaka savait qu'Axonn aurait été horrifié par ce

qu'il avait fait. Normal : son ancien partenaire n'était qu'un pauvre idiot qui errait sans but en attendant le retour du Grand esprit, lequel avait disparu depuis bien longtemps déjà. Les Piraka et d'autres du même genre représentaient l'avenir. Ces individus tiraient profit de l'état chaotique de l'univers et s'emparaient du pouvoir partout où ils le trouvaient.

Et le masque Kanohi qu'ils recherchent est le plus grand de tous les pouvoirs, songea-t-il. Dommage que j'aie l'intention de le leur enlever. Quant à Axonn, s'il tient à la vie, il a intérêt à ne pas se mettre en travers de ma route.

Il jeta un dernier coup d'œil aux Matoran. Ils étaient toujours inconscients. Le temps qu'ils reviennent à eux, leur sort serait déjà réglé. Brutaka s'éloigna.

Sssssssiii…

Un bruit strident le fit se retourner. Une vipère à six têtes rampait en direction des Matoran gisant sur le sol. La créature était réputée pour son haleine toxique capable de tuer n'importe quelle plante ou n'importe quel animal qui y était exposé. Une seule bonne expiration de sa part et les quatre Matoran seraient rayés de la carte.

La mort serait un meilleur sort pour eux, se dit

Brutaka. *Après tout, la seule chose qui les attend, c'est de devenir les esclaves des Piraka…*

La sinistre vipère s'approcha davantage. Une de ses têtes guettait Brutaka, prête à frapper s'il faisait le moindre mouvement. Mais il ne fit rien.

Elle s'approcha encore. L'un des Matoran se mit à remuer. Ce n'était pas le moment, pourtant.

La vipère recula ses têtes, s'apprêtant à relâcher son poison dans l'air. Non loin de là, Brutaka plissa les yeux.

Un petit tourbillon apparut subitement dans l'air, tout près de la vipère. Avant qu'elle puisse réagir, le tourbillon grossit. Ses courants puissants et ses volutes tournoyaient autour d'un noyau obscur. La vipère, un Rahi venimeux, tenta de s'échapper, mais le tourbillon la pourchassa, grossissant sans cesse. Elle poussa un sifflement de colère avant d'être aspirée dans le tourbillon et de disparaître. Un moment plus tard, le tourbillon disparut à son tour.

Brutaka sourit. La dernière fois qu'il s'était amusé autant, c'était quand il avait utilisé son Masque Kanohi des portes dimensionnelles et qu'il avait laissé tomber un Tahtorak en plein centre de Metru Nui simplement pour le plaisir. Bien sûr, cela remontait à bien longtemps, bien avant sa venue sur Voya Nui et la remise en question de sa foi… Déjà à cette époque, il s'était senti à l'étroit sur ce chemin tout tracé. Maintenant qu'il était libéré de cette vie, il pouvait utiliser son masque pour jeter une vipère dans la lave brûlante, sans remords, si tel était son bon plaisir.

Cependant, son désir de s'amuser n'expliquait pas pourquoi il avait gaspillé son énergie à sauver des Matoran qui étaient perdus de toute façon. Il espéra que cela ne signifiait pas qu'il restait encore en lui quelques vestiges de l'ancien Brutaka. Il ne pouvait se permettre aucune faiblesse, surtout s'il allait bientôt affronter les Piraka.

Il s'éloigna, troublé. Il était apparemment bien plus facile de se défaire d'un ennemi puissant que de son propre passé.

Balta entrouvrit les yeux et vit Brutaka qui s'éloignait. Il avait repris connaissance à l'instant où la vipère s'était approchée tout près de lui et de ses compagnons Matoran. Ce qu'il aurait fait si Brutaka n'était pas intervenu, il n'en avait aucune idée. Mais ce n'était pas le moment de s'interroger à propos de cet incident étrange.

Les autres étaient toujours inconscients. Dalu n'était pas là, pas plus que Garan. Balta se souvint vaguement d'avoir entendu l'un des Piraka parler de la « Salle de vérité » où serait conduit le chef des Matoran. À coup sûr, on ne lui permettrait jamais d'en sortir.

Balta secoua les autres pour les réveiller, tout en essayant de ne pas penser à ce que Garan était peut-être en train de subir à cet instant.

Garan cligna des yeux quand une lumière vive apparut soudainement dans une fente du mur de pierre. Voilà bien deux heures qu'il était assis seul dans une pièce vide, à attendre qu'il se passe quelque chose. Maintenant que l'attente prenait fin, il luttait pour réprimer le sentiment de peur qui montait en lui.

— Petites questions, Matoran.

La voix venant de la fente était celle de Vezok, l'un des Piraka les plus féroces.

— Réponds avec honnêteté et tu vivras.

— Oui, je sais combien vous, les Piraka, vous admirez l'honnêteté, répondit Garan d'un ton sarcastique.

— Combien de Matoran nous ont échappé? Combien font partie de ton groupe de résistants?

demanda Vezok.

— Je n'ai pas eu le temps de les compter, répondit Garan. Nous étions trop occupés à planifier votre défaite.

Le plancher s'inclina brusquement sous les pieds de Garan. Il faillit perdre l'équilibre. Une fente se dessina entre le bord gauche du plancher de pierre et le mur. On voyait une faible lueur par l'ouverture. Une bouffée de chaleur fulgurante en sortit.

— Tu ne donnes que de mauvaises réponses, Matoran, dit Vezok. Cela signifie que tu n'as plus ta place ici. Nous allons faire entrer un de tes amis. Quelqu'un qui nous dira ce que nous voulons savoir.

— Vous connaissez bien mal les Matoran, lança Garan avec un air de défi.

— Bien sûr que je les connais, rétorqua Vezok d'un ton cinglant. Une bande de petits pleurnichards qui courent voir un Toa ou un Turaga chaque fois que quelque chose ne va pas : voilà ce que sont les Matoran.

— Avez-vous aperçu un Toa ou un Turaga lorsque vous êtes venus à Voya Nui? Nous avons affronté seuls tout ce que cette île nous a fait subir et nous sommes toujours debout. Et nous serons toujours debout quand vous, Zaktan et les autres aurez servi de repas aux requins Takea.

Le plancher s'inclina encore, plus violemment cette fois. Garan perdit l'équilibre. La fente s'était considérablement élargie et lui permettait maintenant de voir la lave en fusion. Encore quelques mouvements du sol et il serait projeté dans le bassin où il disparaîtrait à jamais.

— Que sais-tu à propos du Masque de vie? grogna Vezok.

Garan lança un coup d'œil à la lave. Ce ne serait pas une belle fin, mais ce serait mieux que de trahir sa patrie et ses amis. Après tout ce que les Toa Nuva lui avaient appris au sujet du masque, il savait que cet objet ne devait jamais se retrouver entre les mains des Piraka.

— Rien, mentit Garan. Pourquoi ne m'en parlez-vous pas?

Une autre secousse se produisit. Garan perdit l'équilibre encore une fois et glissa un peu vers l'ouverture.

— Dernière chance, dit Vezok. Il y a quelque temps, j'ai vu un éclair traverser le ciel et exploser en six étoiles. Réfléchis bien avant de répondre, Matoran : qu'est-ce que c'était? Un autre de vos tours?

Garan hésita à répondre. Il ne savait pas de quoi Vezok voulait parler. Il avait le vague souvenir d'une légende qui parlait d'étoiles apparaissant subitement dans le ciel la nuit, mais cela avait-il un rapport avec la venue de...

Des Toa? Le mot retentit dans l'esprit de Garan. Les Toa Nuva avaient été vaincus... mais si c'étaient bien des étoiles spirituelles qui venaient d'apparaître dans le ciel, alors cela signifiait que six nouveaux Toa avaient débarqué sur Voya Nui. Voilà pourquoi Vezok semble si inquiet. Il préfère entendre que nous avons tenté de les berner en montant une supercherie... n'importe quoi plutôt que d'apprendre qu'il y a d'autres Toa sur sa piste.

Garan se releva encore, sachant que c'était peut-être la dernière fois. Puis il esquissa un sourire presque aussi large que celui des Piraka, mais sans aucune malice.

— Non, Vezok, déclara-t-il. Ce n'était pas un de nos tours. Je ne sais pas qui ils sont ni où ils se trouvent, mais il y a bien six nouveaux Toa sur cette île. Et ils sont venus vous chercher.

Le plancher bougea brusquement. Garan fut projeté par terre et commença la longue glissade vers son destin.

2

Je m'appelle Kongu, se rappela-t-il. *Je viens du village arboricole de Le-Koro sur l'île de Mata Nui. Si j'ai vécu ailleurs avant cette ère-époque, je ne m'en souviens plus.*

Ses compagnons s'arrêtèrent. Il se demanda s'ils s'étaient perdus. Il faut dire que les points de repère étaient rares. De toute façon, aucun d'eux ne connaissait cette île étrange qui semblait beaucoup moins hospitalière que Mata Nui. Avec un ciel chargé de nuages aussi lourds, il était impossible de naviguer à l'aide des étoiles.

Je m'appelle Kongu, répéta-t-il. *Chez moi, j'étais capitaine de la force aérienne des oiseaux Gukko et conducteur d'oiseau, excellent d'ailleurs. Quand on nous a dit que nous devions nous dépêcher-presser d'aller à Metru Nui, j'ai aidé à construire les bateaux qu'il nous fallait pour nous y rendre. Mais une fois là-bas, nous n'y sommes pas restés longtemps.*

Le groupe se remit en marche. Quelqu'un désigna

le volcan qui s'élevait au centre de l'île. Kongu se dit que c'était un endroit aussi intéressant qu'un autre pour débuter l'exploration des lieux.

Nous sommes allés à Metru Nui parce que les doyens Turaga nous ont dit qu'il le fallait si nous voulions tenter de réveiller-sauver le Grand esprit, continua-t-il. *Mais lorsque nous sommes arrivés là-bas, nous avons découvert qu'il n'était pas endormi mais plutôt… en train de mourir. Nos héros, les Toa Nuva, avaient été envoyés sur cette île pour y chercher-trouver quelque chose qui le sauverait. Comme ils ne revenaient pas, mon ami Jaller a persuadé quelques-uns d'entre nous de partir à leur recherche.*

Il s'interrompit dans ses pensées. La suite de l'histoire était tout simplement incroyable. On leur avait volé leurs masques pendant le voyage et on les avait remplacés par d'autres, probablement très anciens. Puis, ils étaient tombés sur des capsules qui leur avaient permis d'atteindre les rives de Voya Nui. Mais avant même qu'ils aient eu le temps d'en sortir et de jeter un coup d'œil aux alentours, quelque chose s'était produit.

Quoi au juste? Kongu hésitait. *Il y a d'abord eu cet éclair brillant-aveuglant, puis la sensation d'être entouré de mille insectes Nui-Rama qui bourdonnaient tous en* même temps. *Je suis vite-rapidement sorti de la capsule et c'est à ce moment-là que j'ai aperçu Hahli, Jaller, Matoro, Nuparu et Hewkii : ils avaient tous l'apparence de Toa. Quand j'ai vu leurs regards, j'en ai déduit que je devais avoir la même allure qu'eux.*

Toutefois, il n'avait jamais imaginé que c'était cela, être un Toa. Bien sûr, il sentait le pouvoir brut qui habitait maintenant ses muscles, et sa nouvelle armure était vraiment magnifique. Mais il avait l'impression d'avoir presque trop d'énergie et son masque lui faisait un effet... bizarre.

— Nous marchons-errons dans le noir, dit-il d'une voix forte malgré ses efforts pour chuchoter. Nous ignorons où nous sommes, où sont les héros Toa, et nous n'avons aucune idée de ce que nous pouvons trouver sur cette île.

Les autres ne se retournèrent pas. La seule réponse qui lui parvint, ce fut le bruit que faisaient leurs pieds ferrés sur les pierres.

— Qu'est-ce qui ne va pas avec cette inscription?

Les paroles de Kongu sortirent comme un cri, même s'il les avait murmurées.

— Que veux-tu que nous fassions? demanda Jaller. Faire demi-tour? Attendre sur la plage jusqu'au matin et discuter de tout ça en long et en large?

— Non, répondit Kongu en essayant de ne pas laisser paraître l'irritation qui le gagnait. Je pensais simplement aux récits des Turaga à propos de ce qui s'était passé quand les Toa avaient agi sans réfléchir.

— Il a raison, intervint Hahli.

Jaller s'arrêta et se retourna. Kongu s'attendait à ce qu'il s'entête à vouloir continuer, mais il se rendit compte, à sa grande surprise, que ce n'était pas le cas.

— Vous avez raison, tous les deux. Je ne vois pas l'intérêt d'écouter les récits de Turaga Vakama si nous sommes incapables d'en tirer des leçons par la suite. Mais faisons vite. Les Toa Nuva ont besoin de nous.

Toa Nuparu s'assit sur une pierre.

— Dans ce cas, je vais ôter ce masque Kanohi un moment. Je m'ennuie de mon ancien. Celui-ci me fait un drôle…

Tout à coup, le secteur fut éclairé par une lumière aveuglante. Les autres Toa se protégèrent les yeux. Nuparu regarda autour de lui pour voir d'où venait cette lumière si brillante, et c'est alors qu'il se rendit compte qu'elle était partout où il promenait son regard. Que se passait-il?

— Remets ton masque! lança Hewkii d'un ton sec.

Nuparu obéit, se disant que le nouveau Toa de la pierre devait avoir remarqué un danger quelconque. Dès qu'il eut remis le Kanohi sur son visage, la lumière disparut.

— Comme c'est étrange, dit-il, sa curiosité d'inventeur soudain en éveil.

— C'était ta figure, répliqua Hewkii.

— Très amusant, dit Nuparu. Tu n'es pas une beauté toi-même, Hewkii.

Hahli secoua la tête.

— Il ne plaisante pas. Quand tu as retiré ton masque, ta figure a émis une lumière aveuglante. J'étais incapable de voir tes traits.

Hewkii désigna une grotte tout près et dit :

— Allons discuter là-dedans. Nous n'avons pas intérêt à nous faire repérer, avec cette lumière.

La grotte était humide et presque trop petite pour les accueillir tous les six confortablement. Une fois à l'intérieur, Hahli ôta son masque. Sa figure émit elle aussi une lumière insoutenable.

— Quelque chose ne va pas, déclara Matoro. J'ai déjà vu Toa Kopaka retirer son masque et cela ne se produisait pas. Quel genre de Toa sommes-nous?

— Je l'ignore, répondit Hahli.

C'était très curieux d'entendre sa voix émaner de cet éclat, sans pouvoir voir sa bouche bouger.

— Ce n'est pas la seule chose bizarre ici, reprit-elle. Prends mon masque. Dis-moi ce que tu en penses.

Matoro s'empara du Kanohi qu'Hahli lui tendait. Il comprit aussitôt de quoi elle parlait. Contrairement à tous les autres masques qu'il avait tenus entre ses mains, celui-ci était flexible, d'un matériau plus près du tissu organique que de l'armure. Il était chaud au toucher. Tout à coup, il le laissa tomber en poussant un cri.

— Il bouge! s'écria-t-il. Enfin... je crois qu'il a bougé... dans ma main.

— Ne sois pas ridicule, les masques ne bougent pas, lâcha Hewkii en tendant le bras pour ramasser le Kanohi. Ce sont des objets, ils ne sont pas...

Ses doigts effleurèrent le masque. Le Kanohi recula. Hewkii retira aussitôt sa main. Il leva les yeux vers les autres et termina sa phrase à voix basse :

— ... vivants?

— Remets-le, Hahli, coupa Jaller.

— Je ne suis pas certaine d'en avoir envie, répondit la Toa de l'eau en esquissant un sourire. Et s'il mordait?

Jeux de pouvoir

— Fais-le quand même, dit Jaller. J'ai l'impression de discuter avec une pierre de lumière.

Avec hésitation, Hahli reprit son masque. Il ne bougea pas, ne tenta pas de lui échapper ni de donner l'impression qu'il était autre chose qu'un objet inerte. Elle le remit sur son visage, ce qui éteignit la lumière éblouissante et permit aux autres de retirer leurs mains de devant leurs yeux.

— Eh bien, dit Nuparu, je m'étais toujours demandé comment c'était de devenir un Toa. Curieusement, je n'avais jamais songé à des traits éblouissants et à des masques qui bougent. Vous pensez qu'on pourrait se faire remodeler?

Jaller se tourna brusquement vers Kongu.

— À quoi je pense?

Avant même que le Toa de l'air ait pu songer à une réponse, il entendit la voix de Jaller résonner dans sa tête. Elle parlait d'une bête Rahi qu'il avait combattue il y a longtemps. Kongu « écouta » pendant un moment, puis répondit :

— Tu penses à un Muaka qui a menacé Ta-Koro il y a trois ans. Le Garde et toi, il vous a fallu deux jours pour le chasser-repousser… Comment je sais ça, moi?

— C'est un Masque de la télépathie, tu te souviens?

répondit Jaller. Quand nous l'avons trouvé, Toa Takanuva était capable de deviner les pensées d'Hahli. Comme les masques Matoran que nous avions, celui-ci a changé et a maintenant cette nouvelle apparence plus organique, mais il fonctionne toujours. Malgré leur apparence étrange, je parie que ces masques fonctionnent de la même façon que nos anciens et, qui sait… peut-être même mieux.

Nuparu se leva.

— Super, mais comment faut-il les utiliser? Souvenez-vous, dans les récits de Turaga Vakama, comme il avait fallu beaucoup de temps aux Toa Metru pour maîtriser les pouvoirs de leurs masques. Nous n'avons aucune expérience des Grands masques et ils ne vont pas s'activer en nous entendant dire : « Je veux que mon masque fonctionne. »

Aussitôt qu'il eut prononcé ces mots, Nuparu s'éleva tout droit dans les airs et alla heurter le plafond de la grotte. Il retomba sur le sol, assommé.

— Peut-être bien que oui, après tout, commenta Hewkii.

Zaktan, le chef des Piraka, était furieux.

Au départ, la mission sur Voya Nui lui avait semblé très facile. On se rendait sur l'île, on s'emparait du

Masque de vie qui reposait dans sa cachette et on s'en allait. Pas de pagaille, peu de risques et une super récompense.

Mais dès le début ou presque, les choses avaient mal tourné. Les Piraka avaient été incapables de faire croire aux Matoran qu'ils étaient des Toa venus pour les aider. Un petit groupe de villageois s'était rebellé et les Piraka avaient perdu du temps à les pourchasser. Puis six Toa Nuva étaient arrivés sur l'île. Eux aussi étaient à la recherche du masque. Il avait fallu un long combat et l'aide de Brutaka pour les arrêter.

Et voilà qu'il y en a d'autres…

Aucun des Piraka n'avait parlé ouvertement de ce qu'il avait vu, mais cela ne les empêchait pas de ressasser ce moment dans leur tête. Ces six étoiles qui étaient apparues dans le ciel étaient des étoiles spirituelles. Zaktan en était sûr. Et chaque étoile représentait un Toa. Apparemment, cette pauvre petite île perdue à l'extrémité sud de nulle part était soudainement devenue le point de rencontre de tous les héros en devenir.

Sans compter que les Piraka étaient eux-mêmes en train de se monter les uns contre les autres. Zaktan avait déjà étouffé deux rébellions au sein de son équipe. Il y en aurait sûrement d'autres. Éventuellement, il devrait même éliminer un des cinq autres Piraka pour donner l'exemple.

Cela en vaudrait la peine. Rien ne comptait plus pour lui que de mettre la main sur le Masque de vie. Il laisserait les Matoran brûler vifs dans la lave, les autres Piraka tomber aux mains des Toa et le reste de Voya Nui sombrer au fond de la mer... pourvu qu'il puisse avoir ce masque.

Les autres ne comprenaient pas. Ils pensaient qu'il s'agissait d'un simple Kanohi. Zaktan savait que c'était plus que cela, bien qu'il ait été incapable d'expliquer comment il l'avait appris. Mais chaque fois qu'il fermait les yeux pour se reposer, il se réveillait avec la conviction profonde que le masque était la clé du pouvoir ultime.

La légende voulait que le Masque de vie ait été forgé par les Grands êtres longtemps avant la venue de Mata Nui ou la création de la cité de Metru Nui. Ce n'était pas exagéré de dire que la vie ou la mort de l'univers était liée à ce masque. En temps normal, il devait être porté tous les 5000 ans par un Toa dont le destin demandait un tel sacrifice. En effet, on disait que celui qui portait ce Kanohi était brûlé vif par l'énergie qu'il dégageait.

Toutefois, les circonstances n'avaient rien de normal en ce moment. Le Grand esprit Mata Nui était dans un état comateux et cela durait depuis 1000 ans. Metru Nui avait été abandonnée par les Matoran, puis reconquise. Des cités entières avaient été détruites ou arrachées à leur continent d'origine, comme cela avait été le cas pour Voya Nui. Les Visorak s'étaient livrées à des actes d'extrême violence. Dans certaines régions, les Rahi saccageaient tout sur leur passage. La Confrérie de Makuta était en guerre contre le clan des Chasseurs de l'ombre, et l'une comme l'autre éliminait tout Toa qui se trouvait sur son chemin. Un chaos total régnait.

Voilà pourquoi les Toa sont ici et pourquoi ils veulent récupérer le masque. Pauvres idiots : ils croient qu'ils peuvent rétablir l'ordre grâce à lui, songea Zaktan. L'ordre est mort et enterré. L'univers appartient à celui qui est assez fort pour s'emparer des étoiles et les réduire en poussière.

Même si le Piraka à l'armure vert émeraude avait du mal à l'admettre, en réalité, il ne savait pas exactement ce que le masque pouvait accomplir. Dans son for intérieur, il doutait qu'un seul Kanohi puisse faire disparaître un univers entier. Les légendes ne devaient être que cela, justement, des légendes : des petits mensonges réconfortants que se racontaient des Matoran abrutis. Elles servaient à les convaincre que tout finirait bien et que rien de vraiment effrayant ne les attendait.

Zaktan sourit.

De toute évidence, les conteurs de légendes n'ont jamais rencontré de Piraka.

Hakann reprit connaissance. Sa tête lui élançait comme si un Kikanalo avait dansé dessus. Il recracha un peu de poussière de pierre et décida qu'il était temps d'essayer de se mettre debout.

Il parvint à se lever en tassant de côté quelques décombres. Il se trouvait dans la forteresse des Piraka, là où Zaktan l'avait laissé. Bêtement, Hakann avait conclu que le chef des Piraka avait fait son temps, et il avait agi seul de son côté au lieu de s'allier à d'autres. Zaktan l'avait défait avec une facilité humiliante puis, dans un geste tout à fait irrespectueux, il avait laissé la vie sauve au Piraka rebelle.

Hakann inspira profondément et essaya de se calmer. Agir sur le coup de l'émotion l'avait conduit à la défaite. Il devait être plus rusé. Il devait avoir un plan. Et, le plus important, il devait trouver quelqu'un pour courir les risques à sa place la prochaine fois.

Jeux de pouvoir

Comme par hasard, trois autres Piraka – Avak, Reidak et Thok – choisirent ce moment pour entrer dans la pièce. Hakann fit exprès de s'affaisser contre le mur et tenta d'avoir l'air plus gravement blessé qu'il ne l'était en réalité. Quand ils lui demanderaient ce qui s'était passé, il leur dirait que Zaktan l'avait attaqué sans raison et les convaincrait que c'était le sort qui les attendait bientôt eux aussi.

C'était, du moins, ce qu'il avait prévu de faire. Mais les trois Piraka passèrent devant lui en lui jetant à peine un coup d'œil, comme si c'était courant de voir Hakann blessé. Après tout, c'était peut-être ce qu'ils souhaitaient en secret à son sujet.

— Je devrais te précipiter plus souvent en bas des falaises, dit Reidak à Thok. C'est amusant.

Le Piraka à l'armure blanche se contenta de lui lancer un regard furieux. Avak s'interposa.

— Taisez-vous et écoutez! gronda-t-il. Brutaka a vaincu six Toa Nuva d'un seul coup de lame. Que se passera-t-il s'il décide de s'en prendre à nous?

— Je le montre à Reidak et je m'enlève du chemin, répliqua Thok.

— Il a eu de la chance, dit Reidak. Il a pris les Toa par surprise. J'aurais pu m'occuper de lui.

— Comme tu t'es occupé de Zaktan? grogna Thok.

Nous l'avions fait prisonnier et toi, idiot, tu l'as libéré!

— Ça suffit! cria Hakann.

Les autres tournèrent la tête vers lui, puis se remirent à marcher. Mais le Piraka à l'armure rouge n'allait pas en rester là.

— Vous oubliez le plus important, continua-t-il. Ça ne me surprend pas de Reidak, mais toi, Thok, où est ce cerveau brillant dont tu te vantes tant? Se serait-il décomposé au contact de la chaleur des flots de lave de Voya Nui?

— Ferme-la, Hakann, répondit Thok.

— Très bien, répliqua Hakann. Dans ce cas, j'imagine que vous ne voulez pas savoir que Zaktan complotait avec Brutaka bien avant que vous n'appreniez son existence. Ces deux-là ont fait un pacte. Qui veut parier que ce pacte veut dire cinq Piraka morts et le Masque de vie pour Zaktan?

Les trois autres s'arrêtèrent net. D'ordinaire, ils ne croyaient pas grand-chose de ce qui sortait de la grande bouche d'Hakann. Mais ils savaient de quoi Zaktan était capable et, avec un être comme Brutaka à ses côtés...

— Oubliez ça, dit Avak. Quittons ce rocher. Je préfère tenter ma chance chez les Chasseurs de l'ombre plutôt que d'être cassé en deux par Zaktan et son monstrueux animal de compagnie.

— Je déteste l'idée de laisser Zaktan mettre la main sur le Masque de vie… si ce truc existe vraiment, dit Thok. À moins de réussir à séparer Brutaka de lui…

— Avez-vous fini? coupa Hakann d'une voix qui trahissait un profond ennui. Il n'est pas question de casser ni de séparer quoi que ce soit. Au lieu de ça, vous allez m'écouter et faire exactement ce que je dis… à condition, bien sûr, que vous vouliez vivre pour voir une autre journée pluvieuse sur Voya Nui.

Hakann attendit que ses paroles fassent leur effet, puis il sourit.

— Nous pouvons nous occuper de Zaktan. C'est Brutaka le vrai problème. Nous devons donc l'attraper avant qu'il ne nous attrape. Et voici comment nous allons faire.

Les trois autres Piraka l'écoutèrent attentivement. Quand Hakann eut terminé, ils arboraient eux aussi un large sourire.

3

Garan allait mourir.

Il sentait la chaleur intense de la lave, et ses mains étaient en train de lâcher le sol de pierre lisse. Il prit conscience avec un calme étonnant que la pierre gris foncé et les doigts de sa main gauche seraient probablement les dernières images qu'il verrait avant de mourir. Sentant la fin venir, il fit le vœu que Balta le remplace comme chef et qu'il réussisse à chasser les Piraka de l'île de Voya Nui.

Sa tête lui élança. Il crut d'abord que cela était dû à l'enfer de lave qui l'attendait tout près. Mais il comprit ensuite qu'un son transperçait son cerveau et que, bien qu'il soit à peine audible, il était néanmoins puissant. Il avait déjà entendu ce son. Qu'est-ce que c'était?

Le son devint de plus en plus fort. Garan se demanda s'il s'agissait d'une sorte de torture ultime que lui infligeait Vezok.

Soudain, la vibration broyeuse de cerveau fut

remplacée par un tout autre bruit : celui d'un mur de pierre qui se fracasse en petits morceaux. Une averse d'éclats et de poussière s'abattit sur Garan. Il jeta un coup d'œil par-dessus son épaule et vit qu'un mur de la Salle de vérité avait disparu; à sa place se tenaient quatre Matoran.

Balta s'élança et réussit à sauter par-dessus l'ouverture dans le plancher. Comme il commençait à aider Garan à se relever, l'Onu-Matoran aperçut Vezok qui arrivait derrière les autres. Garan poussa un cri et lança une décharge d'énergie qui frappa le Piraka en pleine poitrine et le projeta en l'air.

Balta et Garan sautèrent vers un endroit plus sûr et parvinrent avec peine à s'accrocher à la pierre. Piruk, Kazi et Velika accoururent pour les tirer de là. Vezok s'était déjà remis de l'attaque de Garan et revenait vers le groupe.

Le Piraka chargea, son bras puissant prêt à s'abattre sur Piruk. Balta s'élança entre les deux adversaires et leva ses deux hélices. Quand Vezok heurta les armes de son poing, il fut aussitôt rejeté vers l'arrière, comme frappé par sa propre force.

— Allons-y! Courons! hurla Balta.

Les cinq Matoran s'enfuirent en direction des collines. Lorsque Vezok reprit ses esprits, ils avaient tous disparu.

Quand ils eurent la certitude qu'ils n'avaient pas été poursuivis, les rebelles, membres de la résistance Matoran, s'arrêtèrent et reprirent leur souffle. Garan jeta un coup d'œil aux alentours et s'aperçut qu'ils n'étaient pas tous là.

— Où est Dalu?

— Je l'ignore, répondit Balta. Elle n'était pas là quand je me suis éveillé. Peut-être a-t-elle réussi à se sauver avant qu'ils ne nous emmènent à la Salle de vérité.

— Nous devons la retrouver, déclara Garan. Nous devons aussi trouver les Toa.

Piruk secoua la tête.

— Les Toa Nuva sont probablement morts. Les Piraka ne les auraient pas laissés en vie. C'est sans espoir.

Velika sourit.

— Il était une fois un Matoran qui avait soif. Il sortit de chez lui et se mit à la recherche de son seau d'eau, mais quand il le trouva, il était vide. Intrigué, il le souleva et découvrit dans le fond du seau un trou par lequel l'eau s'était écoulée. Fâché de ne pas pouvoir étancher sa soif, il maudit le seau, maudit l'île et maudit sa soif. Il était tellement en colère qu'il ne s'aperçut jamais qu'entre-temps, il s'était mis à pleuvoir.

Il y eut un long silence. Enfin, Kazi soupira, la tête dans les mains :

— Je sais que je vais regretter d'avoir posé la question, mais... qu'est-ce que ça veut dire, cette histoire?

— Ça signifie qu'il ne faut pas s'entêter à attendre que le salut vienne d'une direction au point de ne pas le voir quand il arrive d'une autre, expliqua Garan. Les Toa Nuva ont peut-être été capturés ou ils sont peut-être morts. Mais six nouvelles étoiles sont apparues dans le ciel... et six nouveaux Toa ont débarqué sur cette île.

— Qu'est-ce qui te fait croire qu'ils vont se débrouiller mieux que ne l'ont fait les Toa Nuva? demanda Piruk.

Garan revit la scène des six Toa Nuva assommés par Brutaka et gisant inconscients. Cela avait été la dernière chose qu'il avait vue avant de perdre lui-même connaissance.

— Tout ce que je sais, Piruk, c'est que leur sort ne peut pas être pire que celui des Toa Nuva.

Nuparu hésitait entre crier de joie ou hurler de

terreur.

Juste après que les nouveaux Toa et lui-même eurent quitté la grotte, il avait eu cette curieuse pensée au sujet de son masque Kanohi. La seconde d'après, il volait très haut au-dessus du sol rocheux, tourbillonnant et descendant en piqué à la manière d'un oiseau Gukko un peu cinglé. Pour quelqu'un qui avait passé pratiquement toute sa vie à travailler dans des tunnels, c'était une expérience à la fois grisante et terrifiante.

Tout en bas, les autres Toa encore sous le choc l'observaient, les yeux grands ouverts. Sous son masque, Kongu ne pouvait s'empêcher d'afficher un air de ressentiment. Après tout, il était le meilleur conducteur de Gukko de Mata Nui. Si quelqu'un devait avoir un Masque de l'envol, c'était bien lui.

— Que fait-il là-haut? demanda Hahli.

Kongu sut immédiatement quoi répondre.

— Il ne sait pas comment atterrir-se poser.

Il y avait autre chose, mais il préféra ne pas en parler. Depuis qu'il avait activé le pouvoir de son masque à la demande de Jaller, il avait été incapable de le désactiver. À présent, son esprit était encombré du brouhaha causé par les pensées des autres. Jaller s'inquiétait de s'être embarqué dans quelque chose qui les dépassait tous, Hahli luttait pour se souvenir de tout ce que Toa Gali lui avait enseigné et Hewkii était un peu vexé que personne n'ait remarqué que son armure était passée du brun au jaune depuis qu'il était devenu un Toa.

Nuparu vira au dernier moment et évita de justesse de s'écraser contre un pic rocheux. Jaller s'adressa à Matoro, convaincu qu'il fallait que l'un d'entre eux fasse quelque chose avant qu'ils ne se retrouvent avec un Toa en moins.

— Peux-tu te servir de ton pouvoir de la glace pour, je ne sais pas, moi, l'immobiliser une seconde et...

Le Toa du feu s'interrompit brusquement. Matoro gisait sur le sol, comme s'il venait d'être frappé par la mort. Jaller et les autres accoururent vers lui. Nuparu pouvait attendre.

— Matoro? Matoro!

— Est-il...? demanda Hewkii à voix basse.

— Je ne sais pas, répondit Jaller. Je ne crois pas. Qu'a-t-il pu se passer? Nous étions tout près de lui. Il n'a pas pu être attaqué.

— Et si c'étaient ces masques? suggéra Hewkii. Ils essaient peut-être de nous éliminer.

— Non, je ne comprends pas, moi non plus, dit

Hahli.

Jaller leva les yeux et constata qu'elle ne s'adressait pas à Matoro; apparemment, elle discutait avec le vide. Il se demanda un instant si Hahli n'avait pas perdu la tête.

— Calme-toi, poursuivit Hahli. Nous allons régler ça, je te le promets.

— Régler quoi? s'exclama Hewkii. À qui parles-tu?

— Eh bien, elle croit qu'elle est en train de parler-causer avec Matoro, expliqua Kongu. Ce qui est ridicule, de toute évidence, car Matoro est ici et il n'est pas très bavard en ce moment.

— Tu as tort, rétorqua Hahli. Seul son corps est ici. Son esprit flotte par là et, non, je ne sais pas comment c'est arrivé. Matoro pense que cela a quelque chose à voir avec son masque. Il dit aussi que, non loin d'ici, il y a cinq Matoran qui nous cherchent.

— Comment le sait-il? demanda Jaller qui commençait à perdre patience devant cette situation de plus en plus bizarre.

Hahli baissa les yeux avant de répondre, tout à fait consciente que les autres allaient bientôt la croire complètement cinglée.

— Hum, eh bien, il dit qu'il vole au travers des montagnes... qu'il traverse le roc comme s'il n'existait pas... et qu'il les a vus... mais ils ne pouvaient ni le voir ni l'entendre.

Hewkii, Jaller et Kongu se consultèrent du regard, puis tournèrent les yeux vers elle. Enfin, Kongu marmonna avec un air de dégoût :

— Bien sûr. Il vole, Nuparu vole, tout le monde vole, sauf celui qui *sait* voler.

Jaller se renfrogna.

— Peut-il revenir... à son état normal?

Hahli se détourna des autres et dit :

— Essaie.

Au sol, Matoro se mit soudainement à remuer. La lumière revint dans ses yeux. Il s'éveilla en sursaut comme quelqu'un qui viendrait de faire un mauvais rêve.

— Quoi? Où? Mata Nui, quel rêve...!

Hahli s'agenouilla près de lui.

— Je ne crois pas que c'était un rêve. Je t'ai vu, même si les autres ne t'ont pas vu, dit-elle en souriant. C'est tout un pouvoir que tu as là.

—Je n'ai vraiment pas envie de savoir ce que mon

masque me réserve, fit remarquer Hewkii. Il pourrait bien me changer en Le-Matoran ou je ne sais quoi encore.

— Tu peux toujours rêver, lui lança Kongu avec un sourire forcé.

Jaller les ignora et s'occupa plutôt de Matoro.

— De quel côté se trouvent ces Matoran? Souviens-toi que nous ne pouvons pas traverser le roc, nous.

Matoro désigna le nord.

— Ils ont peur, Jaller, de quelque chose ou de quelqu'un qui s'appelle « Piraka ». J'ai l'impression qu'ils sont les seuls Matoran encore libres sur cette île.

Jaller aida le nouveau Toa de la glace à se relever.

— Partons à leur recherche. Plus j'en apprends au sujet de cette île et plus je m'inquiète pour les Toa Nuva.

Il n'y avait pas de chemin direct menant à l'endroit où Matoro avait aperçu les Matoran, seulement un sentier sinueux qui serpentait dans les collines et les montagnes. À un certain moment, Hahli suggéra à Matoro d'utiliser le pouvoir de son masque une nouvelle fois pour trouver les Matoran, mais le Toa de la glace refusa, encore trop perturbé par son expérience récente. Jaller réussit à attirer Nuparu assez près du sol pour lui expliquer ce qu'ils cherchaient et lui demander de scruter la région du haut du ciel.

Nuparu revint quelques minutes plus tard lui rapporter qu'il n'avait vu aucun Matoran, mais qu'il avait aperçu quelqu'un qui ne ressemblait ni à un villageois ni à un Toa.

— Il avait une figure que seule une mère Manas pourrait aimer, déclara Nuparu. Et il est armé.

— Il est seul? demanda Jaller.

Nuparu approuva de la tête.

— Armure bleue, piquants repoussants, une arme dans chaque main. Je l'ai vu faire exploser un rocher d'un seul regard.

— Ça semble être quelqu'un à qui nous devrions parler.

— Ouais, abattons-le, approuva Hewkii.

Puis, voyant les autres le dévisager, il sourit et ajouta :

— Hé! je suis le Toa de la pierre à présent. Un rocher a été détruit : je dois le venger, non?

* * *

Vezok avait les yeux rivés sur le ciel sombre. Il aurait pu jurer qu'il venait de voir un personnage volant. La créature l'avait vu, puis avait fait demi-tour et s'était enfuie. Le pire, c'était qu'elle ne ressemblait pas à un quelconque Rahi volant.

La dernière fois qu'il avait vu quelqu'un « voler » sur cette île, c'était Reidak, et il avait été projeté en l'air par...

Il comprit tout à coup ce qu'il venait d'apercevoir. Pendant un moment, il songea à rebrousser chemin et à aller avertir les autres. Puis, une idée lui traversa l'esprit : ce genre de victoire pouvait le propulser au poste de chef. Et c'était sans compter le butin qu'elle pourrait lui procurer.

Je ne m'encombrerai pas des autres Piraka, décida-t-il.

Il se mit à courir, se réjouissant déjà du combat qui l'attendait.

4

Le périple des nouveaux Toa prit fin abruptement.

Ils étaient arrivés au bord d'une gorge profonde. Tout en bas, une rivière de lave se frayait un passage dans le roc. L'espace entre les deux rives était trop large pour qu'on puisse le franchir en sautant et il aurait fallu des heures de marche pour contourner le flot de lave. Cependant, les Matoran que Toa Nuparu avait aperçus étaient quelque part de l'autre côté de cette gorge, et il n'était pas question de consacrer des heures à leur recherche.

Jaller s'adressa à Nuparu.

— Tu vas devoir nous faire traverser en volant.

— Minute, intervint Kongu. Soyons raisonnables. Nuparu et moi, nous pourrions échanger nos masques et je me chargerai de voler.

Jaller allait lui répondre, mais il n'en eut pas la chance. Nuparu prit la parole à sa place.

— C'est plein de bon sens, je le reconnais. Mais le destin, allez savoir pourquoi, m'a donné ce masque. Il y a assurément une raison à cela.

— Le destin aurait le sens de l'humour? railla Kongu.

— En tout cas, moi, je crois que je l'ai. Je ne vais pas abandonner, pas maintenant, répliqua Nuparu avant d'esquisser un large sourire. Et puis, c'est plutôt amusant de voler.

— Super, commenta Kongu en hochant la tête. On pourra graver-écrire ces mots sur ta pierre tombale : « Au moins, Nuparu s'est amusé. »

Nuparu s'éleva dans les airs et attrapa Kongu. Avant même que le Toa de l'air ait pu protester, Nuparu lui avait fait traverser plus de la moitié de la gorge. Une fois qu'ils furent tous deux de l'autre côté, Nuparu laissa tomber Kongu sur le sol sans plus de cérémonie.

— C'est incroyable, s'exclama Nuparu. Tiens, je pourrais même construire des outils pour rester stable et me diriger, et ce masque fonctionnerait encore mieux.

En un rien de temps, Hewkii et Matoro avaient traversé de la même façon. Hahli avait demandé à être la dernière – elle souffrait d'un mal de tête terrible qui semblait empirer à mesure qu'ils approchaient du centre de l'île – mais Jaller avait insisté pour assurer l'arrière-garde. Alors Nuparu attrapa délicatement Hahli et entreprit de la faire traverser.

Cette fois, ce ne fut pas aussi facile. Une violente bourrasque se leva alors qu'ils se trouvaient à mi-chemin. Pilote peu expérimenté, Nuparu ne sut pas maintenir l'équilibre et laissa échapper Hahli.

Jaller observa la scène avec horreur. Les Toa pouvaient sans aucun doute la sauver à l'aide de leurs pouvoirs élémentaires, mais ils n'avaient pratiquement jamais eu l'occasion de s'exercer jusqu'à présent. Une erreur de calcul et c'était la mort d'Hahli.

Jaller réalisa après coup qu'il n'avait aucunement réfléchi avant d'agir. Il avait simplement couru, sauté dans le vide et attrapé Hahli. Leurs poids combinés auraient dû les entraîner tous deux en chute libre vers la lave, mais Jaller réussit à utiliser la perte de vitesse pour exécuter en l'air un saut périlleux parfait qui les transporta jusque de l'autre côté. Il atterrit sur ses pieds au bord de la gorge. Les autres Toa le regardèrent d'un air ébahi.

— Bravo! s'écria Hewkii. C'est nouveau, ce truc-là.

— Même Toa Lewa aurait été épaté par cette prouesse, ajouta Kongu. Qui t'a appris ça?

Jaller déposa Hahli et haussa les épaules.

— Personne. C'était la seule chose à faire, mais... ça n'aurait pas dû fonctionner. Nous devrions être tous deux dans la lave. Je n'arrive pas à m'expliquer comment...

— Serait-ce à cause de ton masque? demanda Hahli.

Kongu ricana.

— Quoi, c'est un Masque du saut?

Nuparu atterrit près du groupe.

— Ou quelque chose de beaucoup plus puissant, dit-il. Nous devrions le tester, Jaller. Et... je suis désolé pour ce qui est arrivé.

Tous les Toa attendirent que Kongu fasse une remarque blessante, mais le Toa de l'air passa son bras autour des épaules du Toa de la terre et déclara :

— Viens ici, héros Toa. Laisse-moi t'enseigner quelques petites choses à propos des courants ascendants et des courants descendants. Je ne voudrais pas que tu t'écrases et que tu brises ce masque.

* * *

Jeux de pouvoir

Caché parmi les rochers, Vezok épiait les six nouveaux venus. Ils étaient des Toa, oui, mais des Toa débutants. Il se dit que cela ne poserait aucun problème. Il n'en ferait qu'une bouchée de ces apprentis Toa. En réalité, ce pourrait même être amusant de lancer des sphères zamor sur quelques-uns et de les laisser se battre les uns contre les autres.

Tout sourire, il sortit de sa cachette et visa.

Matoro vit le danger trop tard. Au moment même où il donnait l'alerte en poussant un cri, une sphère zamor lancée par Vezok le frappa de plein fouet. Il y eut un éclair lorsque la sphère traversa son corps.

Les Toa attendirent. Vezok attendit. Plus que n'importe qui, Matoro attendit de voir ce qui allait se passer.

Rien.

Vezok examina son lanceur d'un air agacé. Il tira encore une fois. Même résultat.

— Qu'est-ce qui se passe avec ce truc? grommela-t-il. Tu devrais être un esclave à présent.

— Oh, c'est ça l'effet recherché? dit Matoro en levant son épée de glace. Dans ce cas, je n'ai pas trop de scrupules à faire ceci.

Matoro s'attendait à ce qu'un jet de glace surgisse de son épée, comme il avait vu Kopaka Nuva le faire des centaines de fois. Mais cette épée était différente. Sa lame émit une lumière vive et le jet de glace blanc et bleu qu'elle projeta était entremêlé d'éclairs. Le jet frappa droit sur Vezok, le gelant et l'électrocutant du même coup.

Le Piraka à l'armure bleue heurta durement le sol. La violence de l'attaque l'avait surpris, mais il n'était pas inquiet. Il pouvait déjà sentir la force de ce nouveau Toa s'ajouter à la sienne. En riant, il lança une décharge de glace chargée d'électricité au Toa rouge et jaune qui se tenait tout près.

Cette fois, Jaller comprit que le masque y était pour quelque chose. Il n'avait aucun moyen d'éviter la glace et pourtant, il réussit à tordre son corps de manière à esquiver le coup. Pendant un instant, il eut l'impression que le masque lui manifestait son approbation.

— Tu as choisi le mauvais Toa à qui lancer des boules de neige, dit-il sèchement.

Son arme s'illumina, elle aussi; les flammes qui en sortirent étaient ciselées d'électricité pure. Encore une fois, Vezok fut touché et envoyé au sol. Mais il se releva rapidement.

— Méfie-toi, dit Matoro. Il multiplie mon pouvoir quand je l'utilise contre lui. Il fera la même chose avec le pouvoir de Jaller, mais je parie qu'il ne peut pas s'occuper de plus d'un pouvoir à la fois.

Vezok leva les deux bras et fit un large sourire.

— Devine encore...

Des décharges de feu et de glace fusèrent des mains du Piraka. L'énergie élémentaire ainsi dégagée envoya valser Matoro et Hahli.

Et de deux, se dit Vezok. *Il doit bien y avoir un moyen rapide de se débarrasser des quatre autres, mais...*

Il fronça les sourcils. Depuis l'accident, il avait perdu la capacité de réfléchir de façon stratégique comme il avait l'habitude de le faire auparavant. Il était toujours plus malin qu'il n'en avait l'air, mais il lui manquait un petit avantage cérébral. Il savait cependant qui le lui avait volé et il avait l'intention de le récupérer dès que ces Toa seraient morts.

Hewkii, Kongu, Jaller et Nuparu se tenaient épaule contre épaule. Le Toa de l'air activa son Masque de la télépathie pour sonder le Piraka, mais il y renonça presque aussitôt.

— Os de Muaka, c'est un vrai trou à rats, là-dedans! s'exclama-t-il. Je me suis glissé dans des nids de Nui-Rama qui étaient plus propres que ça.

— Qui es-tu? Que veux-tu? demanda Jaller.

— Je m'appelle Vezok, répondit le Piraka. Mes partenaires et moi-même revendiquons cette île que nous avons conquise. Et nous n'aimons pas les intrus.

— Dommage, commença Nuparu. Nous sommes…

— Je sais ce que vous êtes, coupa Vezok. Des Toa. Je pourrais vous sentir à des kio à la ronde. Vous empestez tous, de cette même odeur de « malheureux-faiseurs-de-bien ».

Hewkii s'empara d'un énorme bloc de pierre. Vezok se contenta de sourire.

— Pose ça ou je gèle-grille tes deux copains, dit-il.

Le Toa de la pierre haussa les épaules et jeta négligemment le bloc de pierre. Seul Matoro remarqua que le bloc heurta un autre rocher, ricocha, en frappa un deuxième, et ainsi de suite.

— Offrez-vous une chance, continua Vezok. Quittez Voya Nui tandis que vous en êtes encore capables ou vous finirez comme les autres Toa. Vous ne pouvez pas vaincre un Piraka, encore moins six.

Ce fut alors au tour de Hewkii de sourire.

— Devine encore…

Le bloc de pierre ricocha une dernière fois et frappa Vezok par derrière. Celui-ci fut projeté vers l'avant, davantage stupéfié par la soudaineté du coup que par sa force. Nuparu activa le pouvoir de son masque et tira en l'air, touchant le Piraka en plein corps et le précipitant au sol. Les trois autres Toa s'approchèrent.

Vezok émit un grondement. De l'énergie crépitait autour de ses paumes ouvertes. Jaller appuya la pointe de son épée de feu énergisée sur la gorge du Piraka.

— Réfléchis, dit le Toa du feu. Peux-tu dégainer avant moi? Es-tu assez rapide pour ça?

Jaller pencha la tête de côté et fixa Vezok dans les yeux.

— Je n'ai pas besoin d'un Masque de la télépathie pour savoir à quoi tu penses. Tu te dis que nous sommes des Toa depuis peu de temps et que nous ne sommes peut-être pas très rapides ou habiles dans l'utilisation de nos pouvoirs. Et tu as raison. Mais, vois-tu, il y a un petit problème : je suis tellement débutant que j'ai de la difficulté à contrôler ma flamme. En voulant te brûler légèrement, Vezok, je pourrais bien, pauvre Toa novice que je suis, faire une gaffe et… te flamber la tête en entier.

Vezok baissa les mains. Kongu s'éloigna pour voir comment allaient Matoro et Hahli. Le pouvoir de son masque était quasi impossible à désactiver et la dernière chose qu'il voulait, c'était d'être exposé plus longtemps aux pensées de Vezok.

— Lève-toi, ordonna Jaller. Tu vas nous mener à ces autres Toa dont tu as parlé.

— Bien sûr, répondit Vezok. Je n'ai jamais aimé l'odeur du brûlé… surtout lorsqu'il s'agit de moi.

Jaller poussa le Piraka devant eux. Hewkii et Matoro se placèrent de chaque côté de lui, et Kongu assura l'arrière-garde. Ils marchaient depuis peu lorsque le Toa de l'air perçut une image dérangeante dans l'esprit de Vezok. Il poussa un cri, mais trop tard. Le Piraka avait lancé une décharge de glace et une décharge de feu l'une contre l'autre; de l'impact se dégagea un mur de vapeur. Kongu utilisa son pouvoir du vent pour dissiper le nuage, mais le temps qu'il ait terminé, le Piraka s'était déjà enfui.

— Est-ce qu'on le poursuit? demanda Matoro.

Jaller secoua la tête.

— Il connaît l'île. Pas nous. Mais il est peut-être le

seul à pouvoir nous conduire jusqu'aux Toa Nuva.

Un Onu-Matoran surgit de derrière un amas de pierres.

— Si vous vous lancez à sa poursuite, il va vous piéger un par un. Il va retourner à la forteresse pour avertir Zaktan de votre présence. Nous devons établir un plan avant qu'il n'arrive là-bas.

— Zaktan? La forteresse? Qui es-tu? demanda Matoro qui avait l'impression de se retrouver en plein milieu d'un récit d'Hahli.

— Je m'appelle Garan. Je vais vous raconter mon histoire en chemin. Je vous suggère de bien écouter, si vous tenez à quitter cette île vivants.

Garan guida les Toa sur un long trajet, en restant toujours près de la côte. Il expliqua que les Piraka ne s'attendaient pas à voir arriver d'ennemis par la mer tellement les courants autour de Voya Nui étaient dangereux. Ils surveillaient plutôt le ciel. Ils s'attendaient, apparemment, à ce que quelqu'un les recherche, quelqu'un d'infiniment plus effrayant qu'un Toa.

— Vous êtes des Toa, n'est-ce pas? demanda-t-il à un certain moment. Vous ne ressemblez pas à des Toa Nuva.

— Nous n'en sommes pas, répondit Jaller.

Il songea aux éclairs que leurs pouvoirs produisaient, à la lumière intense qui se dégageait de leurs visages derrière leurs masques et à la façon dont leurs armes irradiaient d'énergie, puis il ajouta :

— Non, pas des Toa Nuva. Des Toa Inika.

Ce nom provoqua la surprise des autres Toa, mais il avait du sens : *inika* était le terme Matoran pour désigner « l'énergie d'une étoile ». Toutefois, personne ne réagit plus fortement qu'Hahli. Pendant un bref instant, son mal de tête s'intensifia avant de disparaître presque complètement. Elle s'accorda un moment de répit, puis se demanda ce qui avait bien pu changer. Était-ce le nom que Jaller venait de trouver ou était-ce la vue du volcan au loin qui avait fait diminuer la pression dans sa tête... ou était-ce les deux ? Elle ressentit une petite décharge de douleur en guise de réponse.

Ses mains agrippèrent son masque. Aussitôt qu'elle le retira, la douleur disparut.

Ainsi, c'est donc le Kanohi, se dit-elle. Mais il n'essaie pas de m'attaquer, de cela, j'en suis sûre. Non, le masque essaie de nous diriger. Mais vers où ?

— Par ici, dit Garan.

Jeux de pouvoir

Il mena les Toa Inika à travers un tunnel creusé dans le roc. Il grimpait toujours plus haut et devenait plus étroit au fil de l'ascension. Une fois en haut, Garan fit glisser une pierre de côté et disparut dans un trou.

Jaller précéda les Toa dans l'ouverture. Il y avait une petite salle à l'intérieur. Garan et quatre autres Matoran les y attendaient.

— Vous êtes tous là? demanda Kongu. Vous n'êtes que cinq Matoran sur cette île?

— Cinq encore libres, répondit Balta.

— Ou plutôt six.

Les deux groupes se retournèrent et virent Dalu qui se faufilait par une autre entrée. Elle réserva un sourire à Balta avant de faire son rapport à Garan.

— J'ai essayé de m'enfuir, mais je ne suis pas allée bien loin. J'en ai vu suffisamment pour savoir que tu as raison. L'alliance des Piraka s'effrite.

— Dans ce cas, c'est le moment de frapper, déclara Kazi.

— Il n'y en aura pas de meilleur, approuva Dalu. Hakann, Reidak, Avak et Thok sont introuvables. Zaktan est en furie à cause de cela. Personne ne surveille les Matoran qui travaillent sur les flancs du volcan.

— Une minute, intervint Matoro. Qu'est-ce qui se passe ici? Où sont les Toa Nuva?

— Morts, s'ils ont eu de la chance, répondit Garan. Sinon, c'est Zaktan qui les retient prisonniers. Ils cherchent un trésor caché sur cette île. Vos amis ont dit qu'il s'agissait d'un masque et qu'ils en avaient besoin pour sauver la vie du Grand esprit. Pour mettre la main dessus, les Piraka ont réduit notre peuple en esclavage. Nous allons faire cesser cela.

Garan avança jusqu'à Jaller et leva les yeux vers le Toa du feu.

— Vos compagnons Toa ont essayé de nous aider et ils en ont payé le prix. Si vous préférez faire demi-tour et partir, nous comprendrons. Mais si vous voulez nous aider, vous devez vous décider tout de suite. Cette chance d'attaquer durement les Piraka ne se présentera pas deux fois.

Jaller sut immédiatement quelle était sa décision, mais il était déterminé à ne pas agir comme Tahu ou Vakama ou d'autres Toa qui avaient agi sans réfléchir. Il se tourna vers les autres. Chacun leur tour, ils hochèrent la tête. Jaller se retourna vers Garan.

— Vous nous indiquez la direction à prendre, déclara le Toa du feu. Nous nous occupons de la force de frappe.

5

Jaller soupesa le lanceur qu'il tenait dans sa main gauche; il apprécia la sensation de légèreté et l'efficacité de la conception. Velika en avait distribué à tous les Toa Inika avant qu'ils ne quittent le refuge des Matoran. Il avait glissé une remarque sur les flammes qui, à son avis, étaient le meilleur moyen d'éteindre un feu. Jaller avait trouvé cela complètement absurde.

Les Toa et les résistants Matoran avaient formé trois équipes. Jaller, Hahli, Dalu et Piruk se dirigeaient vers le versant nord du volcan. Velika leur avait assuré que les munitions des lanceurs avaient la capacité de libérer les travailleurs Matoran devenus esclaves.

— Avec quoi ces lanceurs sont-ils chargés? demanda Jaller pendant qu'ils marchaient.

— Tais-toi et continue à avancer, répondit Dalu sèchement.

Hahli écarquilla les yeux en entendant le ton de sa voix.

— Ne t'en fais pas, glissa Piruk à voix basse. Elle

est juste un peu énervée. Écoute : le lieu où nous étions est une forteresse ancienne construite bien avant que Voya Nui ne soit là où elle se trouve à présent. Nous étions en train de sécuriser ses entrées souterraines lorsque Velika a trouvé ce bassin de liquide argenté. Aucun de nous ne savait ce que c'était, mais lui affirmait que cela libérerait nos amis des effets causés par les sphères zamor. Je me suis donc introduit dans la forteresse des Piraka, j'y ai volé quelques sphères et Velika les a remplies de la substance. Qui sait si elles vont fonctionner… mais j'imagine que même la mort serait préférable à l'esclavage chez les Piraka.

— Peut-être que vous aimeriez faire une petite pause, tous les deux, pour discuter de l'histoire de Voya Nui? trancha Dalu. Je suis certaine que Toa Hahli et moi pouvons accomplir cette mission sans vous.

— Dalu! s'exclama Hahli. Nous formons une seule et même équipe. Tâchons de ne pas nous disputer. À Metru Nui…

— C'est bon, dit Dalu. Je suis sûre que, là d'où tu viens, les Ga-Matoran sont tous de gentils gardiens de la paix qui n'élèvent jamais la voix. C'est comme ça qu'ils… que nous… étions aussi, là d'où je viens. Mais j'ai des petites nouvelles pour toi, ma sœur : ce n'est pas Metru Nui ici. Nous n'avons pas de temps pour les mondanités. On se bat ou on finit comme eux.

Dalu désigna le mont Valmai. Un petit groupe de Matoran creusait à même le flanc du volcan, avec des gestes lents et mécaniques. Une lueur malsaine éclairait leurs yeux.

La Ga-Matoran s'accroupit.

— Nous avons de la chance. Pas de Piraka aux alentours. Mais si un des travailleurs nous aperçoit, il donnera l'alerte et nous devrons livrer bataille. Alors, visez juste.

— Tu veux que nous leur lancions ces sphères? s'étonna Hahli, incrédule. Alors que nous ne savons même pas quels effets elles peuvent avoir!

— Ma foi, nous pourrions aller leur demander gentiment de cesser d'être les petites abeilles travailleuses des Piraka, mais quelque chose me dit que ça ne fonctionnera pas, répliqua Dalu d'un ton amer. Si Velika a dit que nous devions utiliser ces trucs, alors nous les utilisons.

— Elle a raison, trancha Jaller en s'installant déjà pour viser. Ce n'est peut-être pas ce que les Toa Nuva ou les Turaga auraient fait, mais ils ne sont pas ici... et puis, comme elle l'a dit, nous ne sommes pas à Metru Nui.

Jaller déclencha le lanceur. La sphère fila en ligne droite, frappa l'un des Matoran en pleine poitrine et traversa son corps sans lui faire de mal. Pendant un moment, rien ne se passa. Puis, la lueur malsaine s'atténua dans ses yeux et le Matoran regarda autour de lui comme s'il venait tout juste d'émerger d'un long sommeil.

Les autres travailleurs Matoran remarquèrent immédiatement que quelque chose n'allait pas. Ils ramassèrent leurs outils et s'avancèrent vers le membre de leur groupe qui était maintenant libre.

Hahli se rappela une histoire qu'elle avait déjà entendue. Toa Nokama avait été très malade et avait dû avaler une herbe pour guérir. Ces sphères, décida-t-elle, étaient comme cette herbe : le seul espoir de guérison. Avec cette idée en tête, elle s'empara de son lanceur.

Pour viser juste, elle ne valait pas Hewkii, mais elle avait tout de même été championne de kolhii et elle en connaissait pas mal sur la précision. Jaller et elle réussirent à toucher et à guérir chacun des Matoran avant que l'alarme ne soit déclenchée.

Dalu se précipita pour accueillir ses amis.

— Piruk va vous mener dans un endroit sûr, mais vous devez faire vite, dit-elle aux Matoran troublés. Il va vous expliquer ce qui s'est passé en chemin. Une fois que vous vous serez reposés, vous aurez l'occasion de vous joindre au combat. Compris?

Les villageois approuvèrent et suivirent le Le-Matoran qui descendait la pente. Dalu se tourna vers Jaller et Hahli, et dit :

— La prochaine fois, tirez plus vite.

Elle se remit à marcher et ajouta à voix basse sans se retourner :

— Et merci.

— Rappelez-moi où nous allons encore? demanda Toa Matoro.

Toa Hewkii, Balta, Kazi et lui-même avaient l'impression de marcher depuis des jours et pourtant, ils n'étaient encore qu'à mi-chemin du sentier qui menait au col de la montagne.

— Fais-moi confiance, répondit Kazi.

Matoro jeta un coup d'œil à Hewkii et tous deux serrèrent leurs armes Toa un peu plus fort. Après tout, les Toa Nuva étaient venus ici et, de toute évidence, un malheur leur était arrivé. Qui sait s'ils n'avaient pas été trahis par ceux qu'ils essayaient d'aider?

— Vous avez dit que vous avez un allié là-haut,

glissa Toa Hewkii. S'il est si puissant et qu'il est dans votre camp, où se cachait-il tout ce temps? Pourquoi a-t-il laissé les Piraka prendre le pouvoir sur l'île?

Kazi commença à parler puis s'arrêta. Ce fut Balta qui répondit :

— Parfois, on ne peut pas obéir à son cœur... Parfois, on a un devoir à remplir envers plus grand que soi.

Le Ta-Matoran cessa de marcher et se tourna vers les Toa.

— J'ai une chose importante à vous dire. Dans le prochain combat, des Matoran peuvent mourir, des Toa peuvent mourir, et pourtant, cela n'a pas d'importance. Rien n'a d'importance. La seule chose qui compte, c'est empêcher les Piraka de mettre la main sur le Masque de vie. Si nous devons tous mourir et si cette île doit exploser en mille morceaux pour que nous les arrêtions, alors c'est ce que nous ferons.

Hewkii secoua la tête.

— Il doit y avoir un meilleur moyen que la destruction totale. Quel genre de victoire est-ce donc?

Balta se remit à marcher d'un pas rapide en direction du col.

—Toa, si c'étaient de belles victoires bien propres que vous vouliez, vous auriez dû rester dans cette Metru Nui d'où vous venez.

Kazi quitta subitement le sentier et piqua vers la droite, en grimpant sur les rochers.

Ça y est, songea Hewkii. *Il disparaît pour nous tendre un piège.*

Mais il n'y eut pas d'embuscade. Les rochers glissèrent de côté, comme poussés par une main géante, et révélèrent l'entrée d'une caverne. Une lueur brillait au loin, quelque part à l'intérieur. Kazi sauta en bas et se planta à côté des autres.

— Il est là-dedans, dit le Ko-Matoran.

— Qui?

— Axonn, répondirent Kazi et Balta d'une même voix.

Tous deux se dévisagèrent, interloqués.

— Je croyais être le seul à le savoir... lâcha Kazi.

— Je l'ai connu dernièrement. Il m'a sauvé la vie, dit Balta. Depuis combien de temps sais-tu qu'il est ici? Pourquoi ne l'as-tu dit à personne?

— Je crois que les questions peuvent attendre, coupa Hewkii en désignant la caverne.

Un personnage vêtu d'une armure avançait vers eux en titubant. Il était clair que c'était un colosse très puissant, même s'il avait peine à se tenir debout et que la hache qu'il traînait semblait trop lourde pour lui. Quand il aperçut Kazi, il lui tendit la main. Puis, ses genoux fléchirent.

Toa Matoro réagit promptement; il utilisa son pouvoir de la glace pour créer un coussin de neige moelleuse sur lequel l'étranger termina sa chute. Puis tous se précipitèrent vers Axonn. Son armure était cabossée et brûlée par endroits, et certains de ses tissus internes avaient été atteints. Pendant un moment, Matoro se demanda s'ils n'étaient pas arrivés juste à temps pour le voir s'éteindre.

— Kazi… commença Axonn d'une voix faible. Toi et ces Toa… vous devez faire vite…

— Que s'est-il passé? questionna le Ko-Matoran. Qui t'a fait ça?

— Brutaka, répondit le blessé. Il a dit qu'il allait révéler aux Piraka le moyen de trouver le Masque de vie… puis qu'il le leur volerait. Il ne comprend pas… ce qui pourrait se passer… J'ai essayé de l'en empêcher, mais…

— Où est-il parti? demanda Balta.

— À la forteresse, répondit Axonn. Je pensais que je réussirais à le ramener dans le chemin de Mata Nui… mais il erre dans la noirceur. Arrêtez-le…

Arrêtez-le, même si vous devez le tuer pour cela.

À cet instant, la lumière dans les yeux d'Axonn clignota et s'éteignit. Kazi s'agenouilla près de lui et dit :

— Il est vivant, mais inconscient. Je pourrais rester ici et…

— Non. Nous avons besoin de toi, trancha Balta avant de lever les yeux vers Hewkii et Matoro. Et nous avons besoin de vous aussi. Brutaka est celui qui a attaqué vos amis et qui les a probablement tués, on ne sait trop. S'il réussit à mettre la main sur le Masque de vie ou si les Piraka le font, ce sera la fin de l'univers.

Hewkii plongea son regard dans celui de Balta. Emplis de colère, les yeux du Matoran ne laissaient transparaître aucune émotion, mais Hewkii savait qu'ils exprimaient la même volonté de fer qui animait ceux de Tahu Nuva. Pendant une fraction de seconde, il se demanda comment le destin choisissait ceux qui devenaient des Toa, car ce Ta-Matoran avait à coup sûr l'âme d'un héros.

— Nous prendrons les autres en chemin, déclara le Toa de la pierre. Puis, je me chargerai de montrer à Brutaka ce que ressent une balle kolhii lorsqu'elle est envoyée en orbite.

* * *

Garan plongea pour éviter un tir dévastateur qui fracassa un bloc de pierre non loin de là.

— Nous sommes visés, lança-t-il. Nous devons battre en retraite.

Toa Kongu plongea et roula sur le sol rocheux. Des tirs fusaient en l'air, juste au-dessus de sa tête. Quand il fut de nouveau à l'abri, il s'adressa à Garan et à Velika :

— Pour faire quoi? Revenir plus tard, quand elle sera profondément endormie? C'est une machine!

Garan risqua un œil de l'autre côté du rocher. Le nektann, le gardien-robot de la forteresse des Piraka, l'aperçut aussitôt et tira dans sa direction. Garan s'ôta juste à temps de la trajectoire.

— Je dis simplement que vos inquiétudes au sujet des Toa Nuva, vos amis disparus, vous empêchent peut-être de comprendre le véritable conflit qui mine cette île.

— On ne peut rien faire contre les oiseaux Gukko du malheur et de l'anxiété qui volent dans notre tête, commenta Velika, mais on peut les empêcher d'y faire leur nid.

— Vous vous inquiétez pour six Toa, poursuivit Garan en tentant de se faire entendre malgré le vacarme des tirs. Moi, c'est toute la population

Matoran de cette île que je dois protéger!

— Et on peut dire que tu as fait un joli gâchis-boulot jusqu'ici, d'après ce que j'ai entendu! répondit Kongu d'un ton cinglant. D'abord, nous trouvons les Toa Nuva. Ensuite, nous sauvons le reste de tes Matoran. Compris?

— Je croyais que les Toa faisaient toujours passer les intérêts des Matoran en premier, fit remarquer Garan.

— Je croyais que les Matoran étaient plus sages, répliqua Kongu. Encore une petite déception de la vie. Écoute, je comprends que tu veuilles aider tes amis, mais sans les Toa Nuva, aucun de mes amis ne serait en vie. J'ai une dette envers eux.

Nuparu tira par-dessus sa tête, évitant de justesse les décharges d'un deuxième nektann.

— Voulez-vous cesser de vous disputer, tous les deux, et trouver plutôt un moyen d'abattre ces machins une fois pour toutes?

— Tu es le Toa de la terre! cria Kongu en guise de réponse. Lance-leur de la terre ou n'importe quoi!

— L'oiseau plane dans le ciel, marmonna Velika, mais si j'étais un colosse et si le ciel était sous mes pieds, pourrait-on affirmer que l'oiseau vole sous la terre?

Avant que Kongu n'ait le temps de demander de quoi le Po-Matoran pouvait bien parler, Garan interpella Nuparu :

— Par-dessous! Passe par-dessous! cria le Matoran.

Nuparu obéit presque par politesse. Il plongea vers le sol, tout en activant la foreuse laser qu'il tenait devant lui. L'arme puissante perça un trou dans le sol sous les pieds du robot. Le nektann essaya de viser le Toa volant, mais il ne parvint pas à être aussi rapide que lui. L'instant d'après, le nektann avait disparu sous terre.

— Que s'est-il passé? demanda Kongu.

— Velika voit toujours les choses d'une façon particulière, expliqua Garan. Il suggérait simplement qu'un Toa de la terre volant aurait avantage à faire de même.

Une explosion secoua le secteur, suivie d'une autre. Kongu risqua un œil par-dessus le rocher et vit des flammes s'échapper des deux nektann terrassés, pendant que l'odeur âcre du métal qui brûle remplissait l'air. La cause de tout ce tapage surgit un moment plus tard des débris fumants, sous la forme d'un Nuparu très souriant.

— Ils étaient recouverts d'une armure de la tête

aux pieds, déclara-t-il, sauf en dessous! Un coup par-dessous et... boum! J'aurais dû y penser moi-même.

Velika sourit avec fierté et tapota le bras de Toa Nuparu. L'espace d'un instant, ils n'étaient plus un Toa et un Matoran, mais simplement deux inventeurs qui savouraient la réalisation d'un bel exploit.

— Gardons les félicitations pour plus tard, dit Garan en désignant les tas de débris toujours fumants.

Parmi les pièces éparpillées, certaines avaient tendance à s'attirer les unes les autres, comme par magnétisme. Nuparu se souvint soudainement d'histoires à propos des Vahki de Metru Nui qui se réassemblaient d'eux-mêmes après une défaite.

— Dépêchons-nous d'entrer avant qu'ils aient terminé, lança-t-il. La deuxième manche ne sera sûrement pas aussi facile.

Les deux Toa et les deux Matoran s'élancèrent vers l'entrée. Les artisans qui avaient fabriqué la porte avaient bien fait leur travail, en utilisant de la pierre épaisse de plusieurs centimètres et des serrures solides. Nuparu visa avec sa foreuse laser, mais Kongu tendit le bras et abaissa délicatement l'arme du Toa de la terre.

— Trop bruyant. Laisse-moi faire, dit-il.

Le Toa de l'air saisit son arc laser d'un geste souple et tira. Une décharge d'énergie transperça la serrure comme si elle n'existait pas. La porte massive s'ouvrit d'un coup. Velika s'empressa d'examiner l'arme de Kongu tout en s'émerveillant à voix basse. Garan dut écarter le petit bricoleur pour passer.

Malgré la chaleur qui régnait à l'extérieur, l'intérieur de la forteresse était glacial. Le petit groupe se déplaça en silence dans les corridors sombres, à l'affût du moindre bruit ou du moindre mouvement. Kongu utilisa son arc pour ouvrir toutes les portes verrouillées qu'ils rencontrèrent, espérant chaque fois trouver les Toa Nuva derrière l'une d'elles. Mais ils ne virent que des pièces vides, des salles remplies de débris d'équipement et une dont les murs étaient couverts d'inscriptions informes contenant les mots « Vezok » et « Vezon ».

— Cela n'a aucun sens, murmura Toa Nuparu. Vezok est un Piraka… et *Vezon* est un mot Matoran signifiant « double ». Je ne vois pas le rapport entre les deux.

Par habitude, tous se tournèrent vers Velika, mais le Po-Matoran se contenta de hausser les épaules.

Le groupe inspecta une autre vingtaine de pièces vides avant de finir par en trouver une qui semblait avoir été utilisée récemment. Immense et remplie jusqu'au plafond d'articles aussi familiers que bizarres, elle se révéla être à la fois une salle d'entraînement et d'exposition de trophées. Dans un coin, il y avait une cage suspendue au plafond. Dans un autre, il y avait une pile d'objets de valeur inconnue, probablement pillés par les Piraka sur d'autres îles lors de leurs exploits passés. Deux mécanismes occupaient le centre de la pièce, apparemment conçus pour apprendre à l'utilisateur à chevaucher un animal sauvage. Leur usage s'expliqua en partie lorsque Kongu trouva une inscription montrant un Piraka chevauchant ce qui semblait être le puissant Tahtorak des récits de Turaga Vakama.

— Content d'avoir raté ça, marmonna le Toa de l'air.

— Kongu! s'écria Toa Nuparu. Viens par ici!

Garan et Velika étaient déjà près du Toa de la terre, les yeux levés vers le mur. Kongu s'approcha car, de loin, des ombres l'empêchaient de voir ce que les autres regardaient. Il souhaita bien vite n'avoir jamais regardé.

Les masques des six Toa Nuva étaient là, pendus à de gros clous rouillés. La raison pour laquelle ils étaient ainsi exposés était évidente : c'étaient des trophées de chasse.

— Mata Nui, protégez-nous, murmura Nuparu.

— Il est peut-être déjà trop tard, commenta Kongu d'une voix atterrée. J'ignore ce que ça veut dire : ont-ils été simplement battus-vaincus ou ont-ils été tués? Une chose est sûre, ils doivent être vengés.

— Est-ce que... Est-ce que nous les emportons avec nous?

Kongu secoua la tête.

— Nous n'avons aucun moyen de les transporter-charrier facilement et aucun suva pour les y déposer. Nous aurons besoin de nos mains pour nous battre, Nuparu, surtout maintenant. Ils seront davantage en sécurité ici. Fais-moi confiance : les Piraka n'auront pas le plaisir de toucher une autre fois à ces masques.

Les deux Toa et les deux Matoran sortirent de la salle. Un lourd silence les enveloppait, comme les toiles des Visorak avaient un jour enveloppé Metru Nui. Depuis le début, Nuparu et Kongu avaient espéré qu'il leur suffirait de trouver les Toa Nuva pour que tout rentre dans l'ordre. Ils étaient confrontés à présent à la très plausible possibilité qu'il n'y ait plus aucun Toa Nuva à trouver.

Jeux de pouvoir

Ils accélérèrent l'exploration de la forteresse. Si leurs héros étaient morts, il y avait encore des criminels à trouver et à punir. Mais ils ne trouvèrent que des pièces vides, jusqu'à ce qu'un virage serré les mène à une salle centrale spacieuse abritant une énorme cuve remplie d'une substance d'un noir verdâtre. Garan tressaillit en se rappelant la défaite des Toa Nuva et des résistants Matoran qui s'était déroulée dans cette même salle, il n'y avait pas si longtemps.

— Les Piraka ont utilisé cette substance pour transformer les gens de mon peuple en esclaves, déclara Garan. Il devrait être interdit de faire de telles choses aux autres. Nous devons détruire ce virus.

— Quel terrible gaspillage ce serait! siffla une voix derrière eux.

Les Toa et les Matoran se retournèrent d'un bloc. Zaktan, les autres Piraka et Brutaka se tenaient debout devant l'entrée.

— Je pourrais bien être incapable de le recréer, poursuivit Zaktan. Et je perdrais alors la chance de vous voir, vous et vos compagnons Toa, vous agenouiller devant les Piraka. Ce serait parfait comme dernier souvenir de Voya Nui.

— Dernier, hein? répéta Kongu, son arc déjà en

position. Si vous planifiez un petit voyage rapide, nous serons ravis de vous aider à poursuivre votre route.

— Quand nous quitterons ce rocher minable, ce sera en enjambant vos cadavres, gronda Brutaka.

— Et en emportant le Masque de vie avec nous, ajouta Hakann. Il échangea des regards rapides avec Avak, Reidak et Thok, qui lui répondirent tous d'un petit signe de tête.

— À présent, la question qui demeure, c'est comment allons-nous mettre fin à vos vies misérables? interrogea Zaktan pendant que les protodites qui composaient son corps émettaient un bourdonnement dégoûtant. Au fil des siècles, nous avons éliminé des Toa de bien des façons, mais je déteste me répéter.

La discussion fut interrompue par une explosion énorme qui fit voler en éclats le mur ouest de la salle. Toa Kongu eut le temps d'apercevoir un formidable jet de flammes accompagné d'une boule de glace gigantesque. L'impact fut si violent que la cuve en cristal aurait basculé et se serait fracassée si Brutaka ne s'était pas précipité pour la retenir juste à temps.

Quatre puissants personnages se détachèrent du nuage de fumée et de poussière. Toa Jaller, Toa Hahli, Toa Hewkii et Toa Matoro contemplaient la scène en affichant une volonté inflexible et une rage à peine contenue.

— Deux options, lança Jaller. Vous quittez l'île de votre plein gré, immédiatement, ou nous vous en chasserons. Choisissez la première – vous partez, vous ne vous mêlez pas de nos affaires et vous disparaissez de notre vue – et vous serez libres de profiter de votre longue et misérable vie.

Le Toa du feu sourit.

— Choisissez la seconde et il ne restera rien de vous, même pas de quoi nourrir un poisson Makuta.

Toa Nuparu et Toa Kongu allèrent rejoindre leurs camarades. Tous les six braquèrent leurs armes et activèrent leurs pouvoirs élémentaires en vue du combat.

— Je vais vous accorder un peu de temps au cas où vous envisageriez de vous rendre. Hola! le temps est écoulé, railla le Toa du feu. Allons, mes amis, accomplissons notre devoir, celui pour lequel nous sommes venus ici. Abattons-les!

6

Dalu eut l'impression que toutes les énergies du chaos avaient été relâchées à l'intérieur de la salle centrale de la forteresse.

Des décharges de pouvoirs élémentaires fusaient en tous sens, repoussées par les rayons optiques mortels des Piraka. Les ennemis jurés combattaient dans l'obscurité; les uns cherchaient le pouvoir avec avidité et les autres luttaient pour le triomphe de la vie. Bien que cela ressemblât à une flambée de violence désordonnée, la Ga-Matoran savait que ce n'était pas le cas. Jaller et Hewkii avaient un plan qu'ils étaient en train de mettre à exécution.

La priorité était d'isoler Brutaka. C'était la tâche de Toa Hewkii. À l'aide de son pouvoir élémentaire, Hewkii érigea des barrières de pierre autour de Brutaka. Le titan les abattait d'un coup les unes après les autres, mais chacune était remplacée par une nouvelle.

— Je peux faire ça toute la journée, lança Hewkii.

Jeux de pouvoir

Et toi?

— Penses-tu pouvoir m'arrêter avec tes cailloux? hurla Brutaka en retour. J'ai soulevé des montagnes, Toa. J'ai dompté la tornade et effrayé le tremblement de terre. Mes congénèrent et moi-même tenions déjà l'univers entre nos mains pendant que toi, tu peinais encore sur tes petites besognes de Matoran. Crois-tu vraiment que tes pauvres pouvoirs peuvent effrayer un membre de l'Ordre de Mata Nui?

La nouvelle eut l'effet d'une bombe sur Hewkii. Comment ce monstre, cet assassin potentiel de Toa, pouvait-il prétendre être associé d'une façon quelconque au Grand esprit Mata Nui? Non, ce devait être un mensonge. Brutaka espérait sûrement distraire Hewkii avec une telle affirmation pour mieux le déjouer et l'attaquer.

— Je ne tombe pas dans ce panneau, répondit le Toa de la pierre. Et si c'était toi, plutôt, qui tombait?

À l'aide de ses pouvoirs, Hewkii ouvrit le sol de pierre de la forteresse ainsi que la dalle rocheuse qui se trouvait dessous. Pris par surprise, Brutaka disparut dans la crevasse. Hewkii fit alors tomber en cascade des pierres provenant des murs et du plafond; elles s'empilèrent par-dessus Brutaka et scellèrent efficacement l'ouverture.

— Avale ça, conclut le Toa de la pierre.

Nuparu esquiva un coup brutal venant du trident de Zaktan.

— Quel était le but? demanda le Toa de la terre.

— Le but de quoi? grogna le Piraka.

— Toute cette destruction... l'esclavage des Matoran... Pourquoi leur avoir fait drainer le volcan alors que vous, les Piraka, auriez pu le faire plus rapidement vous-mêmes?

Zaktan sourit.

— On n'aime pas se salir les griffes.

— Dans ce cas, tu vas détester ceci, lâcha Nuparu.

Il actionna son pouvoir élémentaire, faisant sortir de la terre par les fentes du plancher de la forteresse et la modelant en forme de poing. Ce poing frappa Zaktan, mais lorsque le nuage de poussière retomba sur le sol, le Piraka à l'armure vert émeraude était toujours debout et indemne.

— Pauvre idiot, siffla Zaktan. Mon pouvoir me permet de disperser ma substance. Ainsi, chaque grain de terre me passe au travers du corps sans même me toucher. C'est une honte que tu ne sois pas capable d'en faire autant, Toa... car cela t'épargnerait bien des douleurs.

À ces mots, les protodites microscopiques qui formaient le corps de Zaktan commencèrent à se disperser. Bientôt, seule sa tête demeura entière, le reste de son corps s'étant transformé en un horrible essaim verdâtre qui se dirigeait droit sur Nuparu.

— Dis-moi, Toa, susurra Zaktan, d'après toi, combien de temps te faudra-t-il pour devenir fou une fois que tu seras sous mon emprise?

— Oh, ça fait déjà pas mal d'années que je suis fou, répondit Nuparu en grimaçant. Demande aux autres. Après tout, qui d'autre oserait faire ceci?

Nuparu activa son Masque Kanohi de l'envol et s'élança à toute vitesse dans les airs, directement sur Zaktan. Juste avant de foncer dans l'essaim de protodites, le Toa de la terre se mit à tourner sur lui-même, toujours plus vite, jusqu'à ce que son corps ne soit plus qu'une image floue. Il frappa l'essaim avec la force d'un cyclone, entraînant les protodites avec lui pendant qu'il filait vers le plafond de la pièce.

— Je ne suis pas très bon dans ces trucs de haut vol, commenta Nuparu.

Il fit claquer son corps comme un fouet et projeta au passage Zaktan contre un mur.

— Et comme je suis nul en atterrissage, je crois que je ferais mieux de te laisser tomber.

Zaktan répondit en lui décochant un jet optique laser qui écorcha l'épaule de l'armure de Nuparu et toucha son muscle interne. Nuparu poussa un cri de douleur et accéléra; il dépassa le mur en ruine et survola l'île. Quand il fut près de la côte, il amorça un piqué fulgurant en direction de la baie de Voya Nui.

— Dis-moi une chose, Piraka, lança-t-il, sais-tu nager?

Toa Kongu ne s'était jamais trouvé dans une telle situation. Il devait garder la bouche fermée.

Il n'avait pas eu le temps de faire deux pas qu'Avak avait déjà utilisé son pouvoir pour créer une prison parfaite et l'avait enfermé dans ce qui ressemblait à une sphère zamor géante. Kongu avait à peine eu le temps d'avaler une bouffée d'air avant que la sphère ne devienne une pièce sous vide. À présent, peu importe la quantité d'air que Kongu parvenait à créer à l'aide de son pouvoir élémentaire, la sphère l'absorbait. Ouvrir la bouche signifiait une mort immédiate.

— J'espérais tomber sur un Toa du feu ou de la glace, dit Avak. Plus facile à emprisonner. Mais je vais me contenter de toi. Tu peux aussi prendre une bonne dose de vide et en finir tout de suite, Toa.

Toa Kongu calcula qu'il lui restait environ quatre secondes à vivre. Aucun des autres Toa ne se trouvait assez près pour l'aider et les Matoran étaient déjà en route pour accomplir leur mission particulière. Heureusement, grâce aux Matoran, les Toa Inika en savaient beaucoup plus au sujet des Piraka que les Piraka n'en savaient sur eux.

Tu as choisi le mauvais Toa, se dit Kongu en activant le pouvoir de son Masque de la télépathie. Il entra en contact avec le cerveau d'Avak et envoya au Piraka un flot de pensées hurlantes. Avak sursauta quand la cacophonie assourdissante déferla dans sa tête. Il tituba, tomba à genoux et perdit sa concentration, ce qui fit aussitôt disparaître la prison de Kongu.

Celui-ci respira enfin. Il se dirigea ensuite vers Avak, attrapa le Piraka par la gorge et le souleva pour le remettre sur ses pieds.

— Tu as testé le manque d'air. Testons à présent le surplus d'air.

Sur ces mots, Kongu fit appel à son pouvoir élémentaire. D'abord, il encercla Avak d'un courant d'air. Ensuite, il augmenta la pression autour du Piraka effrayé, d'abord lentement, puis de plus en plus rapidement. Au début, la pression interne du corps d'Avak put compenser ce déséquilibre, mais bientôt la pression externe fut telle que cela devint impossible. De peur d'exagérer, Kongu fit cesser l'effet et Avak s'effondra.

— Tu as raison, nota le Toa de l'air. La prochaine fois, tu devrais t'en tenir à un héros Toa du feu ou de la glace. Ça met moins de pression.

Hakann contempla la pièce, de plus en plus inquiet. Avak était vaincu, Zaktan s'était envolé et les autres Piraka étaient, dans le meilleur des cas, toujours aux prises avec leurs adversaires. Pire, Brutaka n'avait toujours pas émergé de son tombeau improvisé et, s'il n'en sortait jamais, Hakann ne pourrait pas utiliser la sphère zamor particulière qu'il transportait avec lui.

Il avait eu du mal à la créer, mais il avait réussi : il avait fabriqué une sphère contenant un peu du pouvoir de Vezok. Cela devrait lui suffire pour accomplir son plan, si seulement il parvenait à trouver sa cible. Bien sûr, il n'avait pas l'intention de partager la récompense avec quiconque.

Il n'y a de place que pour un chef suprême sur cette île, se dit-il. *Et j'ai exactement le profil de l'emploi.*

Jeux de pouvoir

* * *

Toa Jaller remarqua Hakann dissimulé dans l'ombre, sans doute pour planifier sa fuite. Il ne pouvait pas permettre cela. Les Piraka devaient être vaincus ici et maintenant; ensuite, il faudrait les faire parler afin qu'ils expliquent ce qui était arrivé aux Toa Nuva. Hewkii l'avait rejoint pour combattre Reidak. Jaller lui fit signe qu'il prenait Hakann en chasse.

— Baisse tes armes! lança le Toa du feu au Piraka à l'armure rouge. Ne m'oblige pas à te blesser.

— T'obliger? ricana Hakann. Qui t'en empêcherait? Admets-le donc, Toa, il n'y a rien que tu aimerais plus que d'effacer ce sourire de ma figure. Tu rêves de marcher sur nos cadavres comme un véritable héros, un conquérant. Sans ce masque et sans cette attitude hautaine et suffisante, tu ne vaux guère mieux que nous.

Jaller sentit la chaleur monter en lui. Son pouvoir du feu voulait surgir de son épée et faire payer Hakann pour ses crimes, mais Jaller parvint à le contrôler.

— Je ne te ressemble en rien. Nous combattons pour la sécurité de cet univers et des Matoran qui y vivent. Et toi, pour quoi te bats-tu?

Hakann contourna Jaller à pas lents, jusqu'à ce

qu'il se retrouve face à l'endroit où Brutaka était enseveli.

— Oui, les Toa combattent toujours pour les pauvres petits Matoran, pas vrai? Et lorsque vous gagnez, ils vous applaudissent, scandent vos noms et érigent des statues en votre honneur. Vous dites que vous le faites pour le bien ou pour la justice, mais en réalité, vous le faites pour le culte du héros. Et c'est ça la différence entre nous, Toa. Je me fiche de ce que les Matoran pensent. Je me fiche de ce que le Grand esprit Mata Nui pense. Je me fiche de ce que tout le monde pense, et c'est pour ça que je serai toujours libre et que vous, vous devrez toujours livrer bataille pour défendre la cause des autres.

Les paroles du Piraka firent hésiter Jaller. Même s'il refusait de l'admettre, il savait qu'Hakann était malheureusement très près de la vérité. Après tout, ses compagnons Matoran et lui-même avaient érigé des statues à l'effigie des Toa et avaient perpétué leurs légendes avant même qu'ils ne viennent s'établir sur l'île de Mata Nui. Lorsqu'ils étaient arrivés, les Matoran les avaient accueillis comme des héros, et peut-être même comme plus que cela encore. Les Toa étaient considérés comme des êtres infaillibles qui ne connaissaient ni le doute ni la peur, et qui ne perdaient jamais un combat. Même Tahu et les autres avaient commencé à se considérer comme tels, ce qui n'était probablement pas une bonne chose.

Est-ce seulement une question de popularité? s'interrogea Jaller. *Certains d'entre nous ne songent-ils qu'à l'accueil que nous recevrons à Metru Nui si nous revenons victorieux, alors que nous devrions plutôt nous concentrer sur notre mission?*

— En ce moment même, il y a des Toa quelque part qui se battent et qui meurent, et personne ne se souviendra jamais de leurs noms, poursuivit Hakann. À ton avis, combien de Matoran se souviennent des noms des Toa qui ont combattu pendant la guerre contre les Chasseurs de l'ombre? Mais tous se rappellent Makuta, Nidhiki et Roodaka. Les bons tombent dans l'oubli, mais jamais les méchants.

— Où veux-tu en venir? demanda Jaller.

— Je te donne une chance, répondit Hakann. Tu peux continuer à nous combattre, et peut-être même à nous vaincre… et refaire la même chose le mois prochain ou l'an prochain, contre d'autres ennemis… et ainsi de suite, jusqu'à ce que tu sois devenu trop vieux et trop fatigué pour te battre, et que quelques

Rahi te réduisent en morceaux. Telle peut être ta vie. Ou alors tu peux te joindre à nous et appartenir à une légende que les Matoran vont se raconter pendant les sombres nuits à venir.

Quand Jaller répondit, ce fut avec une voix remplie de dégoût.

— Je vais rendre service à l'univers, Piraka. Je vais te faire taire une fois pour toutes.

Hakann jeta un coup d'œil vers la gauche. Il vit l'amas de débris bouger, signe que Brutaka s'extirpait du sol. Bientôt, la tête et les épaules du colosse se frayaient un passage parmi les éclats de pierre. Dans un instant, il serait libre. C'était le moment d'attaquer.

— Désolé, Toa. Cette offre de joindre nos rangs était d'une durée limitée… et le temps est écoulé, déclara le Piraka.

C'est alors que Jaller comprit qu'Hakann ne visait ni lui ni les autres Toa avec son lanceur de sphères zamor, mais plutôt Brutaka. L'arme était chargée d'une sphère dorée qui luisait d'une lueur malsaine. Il y eut un déclic dans sa tête, et Jaller devina tout à coup ce qu'Hakann s'apprêtait à faire.

— Non! hurla-t-il en s'élançant.

* * *

Tout près, Thok entendit le cri de Toa Jaller, aperçut Hakann qui pointait son arme et comprit qu'il devait agir. Il lança une décharge qui toucha Matoro et envoya le Toa de la glace au sol. Puis, il courut à toute vitesse vers Hakann et plongea au dernier moment, les mains tendues pour atteindre l'armure rouge du Piraka…

Cela se passa très vite. Cela se passa très lentement. Curieusement, ces deux affirmations étaient véridiques.

Hakann tira la sphère zamor au moment même où Thok le percutait et où Jaller essayait en vain d'intervenir. Brutaka ne vit pas la sphère venir vers lui. Elle le toucha sur le côté, se dématérialisa et traversa son corps. L'instant d'après, les jambes de Brutaka cédèrent sous lui comme s'il avait été heurté par derrière. Un éclair noir sortit de son corps et frappa Hakann; l'énergie circula dans son corps et dans celui de Thok.

Hakann poussa un rugissement. Thok tituba, perdit l'équilibre et prit appui contre le mur. Brutaka s'effondra sur le sol, comme s'il était mort.

Toa Jaller s'immobilisa. Hakann rayonnait sous l'effet du pouvoir brut. Tout sourire, le Piraka donna un petit coup au Toa du feu et l'envoya voler à l'autre bout de la pièce. Il heurta le mur de pierre et s'évanouit.

— J'ai réussi! s'exclama Hakann.

Partout dans la pièce, les Piraka et les Toa cessèrent leurs combats pour voir ce qui se passait. Thok avait retrouvé l'équilibre et se tenait maintenant à côté du Piraka rouge.

— Nous avons réussi, reprit Thok en lançant un coup d'œil à Hakann. Tu as essayé de t'approprier tout le pouvoir. Si je ne t'avais pas vu…

— Mais tu m'as vu, coupa Hakann. Et à présent, nous avons le pouvoir de prendre tout ce qui nous plaît sur cette île. Puis, nous éliminerons les Toa, les Chasseurs de l'ombre, oui, et même la Confrérie de Makuta!

Thok sentait à quel point son énergie naturelle avait augmenté. Il ne lui fallut qu'une petite fraction de son nouveau pouvoir pour donner vie à la forteresse des Piraka. Des bras poussèrent des murs et vinrent enserrer les Toa et les Piraka. De lourdes « chaînes » de pierre surgirent du plancher pour immobiliser leurs jambes. Le bâtiment lui-même sembla rire alors qu'il resserrait ses griffes sur ses prisonniers.

Une deuxième décharge d'énergie et une grande main de pierre vint soulever Hakann et Thok. Ainsi perché, Hakann promena son regard sur le champ de bataille tout en bas et sourit.

— L'ancien a cédé la place au nouveau, proclama-t-il. Maintenant que nous possédons la puissance de Brutaka, nous sommes les nouveaux maîtres de cet univers. À présent, il ne nous reste plus qu'à trouver le Masque de vie!

— Traître! gronda Avak. Penses-tu que nous allons vous laisser partir avec le masque, tous les deux? Ne crois-tu pas que nous allons plutôt trouver le moyen de nous venger, même si nous devons vous traquer jusqu'aux confins de la réalité?

— Les Toa se dressent aussi contre vous, cria Toa Hahli. Vous n'aurez pas le masque tant que nous vivrons!

Hakann haussa les épaules. Machinalement, comme s'il écrasait un insecte, il envoya une décharge psychique qui déchira les esprits de tous ceux qui se trouvaient en contrebas. Tous les Toa et les Piraka poussèrent un cri, car le simple fait de penser était devenu une agonie insupportable.

— Dans ce cas, ne vivez plus, laissa tomber le Piraka à l'armure rouge.

7

Garan et ses camarades Matoran se déplaçaient prudemment dans les couloirs sombres de la forteresse des Piraka. Les Toa Inika tiendraient sûrement les Piraka occupés assez longtemps, mais il était toujours possible de tomber sur un robot nektann posté aux endroits stratégiques. Garan préférait garder ses armes à portée de la main.

Leur mission avait une importance vitale : trouver les Toa Nuva, les mener jusqu'à leurs masques et les envoyer en renfort au combat. De tous les Toa, seul Matoro aurait pu effectuer une recherche rapide, mais les Toa Nuva auraient été incapables de le voir ou de l'entendre sous sa forme invisible. Garan était convaincu que Jaller voulait, entre autre, mettre les Matoran hors de danger en leur confiant cette mission. Mais il savait aussi que la présence des Toa Nuva pourrait être un élément déterminant quant à l'issue du combat.

— Je n'aime pas ça, maugréa Dalu. Nous devrions

être là-bas, à combattre pour notre peuple.

— Il était une fois deux petits rats de lave qui voulaient traverser un grand gouffre, commença Velika. L'un d'eux se mit à charrier jour et nuit des petits bâtons et des petits cailloux au bord du trou et à les lancer dedans. Il espérait qu'à force d'en ajouter, il réussirait un jour à remplir le gouffre. Son compagnon était plus futé; il explora les environs à la recherche d'un Kikanalo. Partisan de la cause des rats, le Kikanalo utilisa sa grande force pour abattre un arbre qui, placé en travers du gouffre, servit de pont aux rats.

— Hum, ouais… commenta Piruk. Comme tu dis.

— Cher Velika! s'exclama Kazi. Pourquoi utiliser deux mots quand on peut en utiliser 127!

— Silence, coupa Garan. J'ai trouvé quelque chose.

Il poussa une lourde porte en fer. Le grincement des gonds résonna comme un coup de tonnerre dans le couloir silencieux. Il n'y avait aucun Toa Nuva à l'intérieur, seulement des tablettes éparpillées. Garan en remarqua une en particulier. On y voyait une carte de l'île de Voya Nui, non pas telle qu'elle était maintenant, mais plutôt comme elle avait été il y a un millier d'années. À l'origine, Voya Nui avait une forme ovale et comptait un grand village prospère là où la baie se trouvait aujourd'hui. Des siècles auparavant, la terre sur laquelle reposait ce village s'était détachée du reste de l'île et avait été engloutie par la mer, emportant le village et ses Matoran tout au fond.

— Ce sont des histoires, dit l'Onu-Matoran. Mais bien plus récentes que celles que nous connaissons. Les Piraka ont dû les apporter ici avec eux.

— Comment cela? demanda Balta. Comment auraient-ils pu savoir quoi que ce soit au sujet de Voya Nui?

— Il devait y avoir quelqu'un, ici, qui surveillait l'endroit... ou qui connaissait quelqu'un qui le faisait, répondit Garan. Ils ont le compte-rendu détaillé de l'engloutissement et...

Il s'interrompit.

— Qu'y a-t-il? le pressa Dalu.

— Cette inscription... Elle n'a aucun sens, reprit Garan. Selon elle, le village existe toujours! Il est sous les flots, mais nos frères et nos sœurs Matoran auraient survécu.

— Si c'est le cas, pourquoi ne sont-ils pas revenus? demanda Balta. Pourquoi n'ont-ils pas envoyé un signe, ou quelque chose?

— Je l'ignore, répondit Garan. Mais tu peux être

sûr que nous allons le découvrir, aussitôt qu'il n'y aura plus un Piraka sur cette île.

Nuparu franchit le trou béant qui remplaçait un ancien mur de la pièce. Il transportait sur ses épaules un cocon terreux contenant le corps de Zaktan, à moitié conscient. Sous l'effet de l'impact avec la mer, le chef des Piraka avait été assommé, et ramasser les millions de protodites qu'il fallait ensuite transporter n'était pas une mince affaire. Nuparu s'était donc contenté d'enrober de terre cette masse en s'assurant que l'enveloppe était assez poreuse pour permettre à Zaktan de respirer.

Il espérait que le combat aurait pris fin entre-temps. Mais il ne s'attendait pas à trouver un Brutaka à moitié mort et des Piraka et des Toa faits prisonniers. Il laissa tomber le cocon sur le sol et courut libérer Jaller.

— Que s'est-il passé?

— Rien d'aussi important que ce qui va bientôt se passer, répondit Jaller.

Il se dirigea droit vers l'endroit où Brutaka reposait et lui demanda d'un ton sec :

— Tu leur as dit, n'est-ce pas?

Brutaka ne répondit pas.

Jeux de pouvoir

— Tu sais où se trouve le Masque de vie. Après que Thok et Hakann t'ont volé ton pouvoir, ils t'ont donné le choix, pas vrai? Leur révéler la cachette du masque... ou mourir.

— Jaller, ça n'a aucun sens, intervint Hahli. Il devait être inconscient après l'attaque psychique d'Hakann, comme nous l'avons tous été.

— Vraiment? Kongu, sers-toi de ton masque et dis-nous ce qu'il pense.

Toa Kongu activa le pouvoir de son Masque de la télépathie et tenta d'analyser les pensées de Brutaka. Au bout d'un moment, il secoua la tête et y renonça.

— Son cerveau est blindé.

— Exactement. D'après ce que Balta et Hewkii m'ont dit, il est évident qu'Axonn et Brutaka étaient sur cette île pour protéger le masque. Avec un secret d'une telle valeur dans leurs têtes, il était normal que leurs cerveaux aient été protégés contre une attaque psychique ou contre une intrusion télépathique. Rien ne pouvait leur arracher ce secret... sauf la lâcheté.

— Ou la nécessité.

C'était Axonn qui venait de parler. Il se tenait debout parmi les décombres du mur.

Toa Jaller se retourna pour voir le nouveau

venu.

— Qui es-tu?

— Du même camp que toi, Toa, répondit Axonn. Mais je crois que mon identité a moins d'importance que mes connaissances.

— Hakann et Thok sont partis à la recherche du masque, dit Jaller. Nous devons savoir où il est afin de les arrêter.

— Je les arrêterai, dit Axonn en se retournant pour partir.

Jaller surprit tout le monde dans la salle en empoignant brusquement Axonn et en le tirant par derrière.

— Nous n'avons pas de temps à perdre! Je me fiche de savoir combien tu es puissant. Tout ce que je sais, c'est que nous ne pouvons pas laisser le sort de l'univers reposer sur un seul être. Nous sommes des Toa, Axonn, pour le meilleur et pour le pire. Dis-nous où l'ennemi s'est enfui et laisse-nous faire notre travail.

Axonn promena son regard de Brutaka, son ancien ami, au Toa. Il ne voulait pas l'admettre, mais Jaller avait raison. L'enjeu était trop grand pour laisser la fierté lui dicter sa conduite.

Jeux de pouvoir

— Suivez-moi – les Piraka ont des oreilles – et je vous dirai tout ce que je sais.

— Attendez! cria Avak, toujours prisonnier de la création de Thok. Vous avez besoin de nous!

— Ouais, répliqua Kongu, autant que d'une deuxième épidémie d'ombre.

— Tu ne feras plus le fier, Toa, lorsque je te ferai avaler ton masque, grogna Reidak.

— Vous le savez autant que nous : la seule façon d'arrêter Hakann et Thok, c'est de défaire ce qu'ils ont fait à Brutaka, poursuivit Avak. Et il n'y a que nous qui savons comment. Laissez-nous vous accompagner et nous nous chargerons de fabriquer une sphère zamor pouvant inverser le processus.

Hewkii sourit.

— Il existe d'autres moyens de vous faire parler.

Avak se mit à ricaner.

— Même si vous en aviez le désir – et vous ne l'avez pas, Toa, pas des « héros » comme vous, – vous n'en avez pas le temps.

— Il a raison, dit Hahli. Nous n'avons pas le temps. Et puis, Hewkii, il n'est pas question que nous devenions pires que nos ennemis.

À contrecœur, ils s'entendirent sur la décision à prendre. Les quatre Piraka furent libérés à condition de fabriquer une sphère zamor capable de redonner sa force initiale à Brutaka. Pendant qu'ils s'y affairaient, Axonn se mit à examiner les sphères vides qui se trouvaient là; il les regarda comme si elles étaient les objets les plus fascinants qu'il ait jamais vus.

Toa Kongu, pour sa part, fut attiré par le réservoir contenant la substance utilisée pour asservir les Matoran. Il y avait quelque chose de bizarre dans les remous et les courants qui agitaient la substance à l'intérieur du cristal. Un Ga-Matoran aurait appelé cela une « mer en colère ».

Il tendit la main et toucha la paroi de verre. Son Masque de la télépathie s'activa sans même que sa conscience le lui ait ordonné, envoyant des bribes de pensées dans le réservoir. Soudain, Kongu recula d'un bond, comme s'il avait reçu un choc électrique.

Pendant de longues minutes, il se tint debout, immobile, et il fixa le réservoir. Il lui fallut tout ce temps pour accepter l'expérience qu'il venait de vivre grâce au pouvoir de son masque.

Peu importe ce qui se trouve dans ce cristal… dans les sphères zamor que les Piraka ont utilisées… cette chose est en vie, comprit-il.

En vie... et malfaisante.

Axonn tendit à Toa Jaller une sphère zamor qui luisait étrangement.

— Vous allez en avoir besoin.

— Pour quoi faire?

— Jaller, le Masque de vie n'est pas un simple Kanohi. Il est très puissant... et il a besoin d'être protégé, répondit Axonn. Il y a très longtemps, presque au début des temps, mon peuple a caché le masque et a posté des gardiens autour de lui.

— Brutaka et toi, dit Jaller en hochant la tête.

Axonn sourit tristement.

— Oh, s'il n'y avait que nous, il n'y aurait peut-être pas de danger. Non, ceux qui protègent le Masque de vie sont infiniment plus dangereux. Ils sont au-delà du bien et du mal, et ils n'existent que pour une seule raison : éloigner les indignes du masque. Même moi, un de ceux qui ont été désignés pour protéger ce Kanohi ultime, je ne serais pas autorisé à le toucher sans les avoir d'abord vaincus.

— Donc, si nous les vainquons et si nous nous montrons dignes, nous pourrons avoir le Masque de vie, répéta Jaller. Mais si nous en sommes indignes?

— Ils vous tueront, répondit Axonn.

Jaller jeta un coup d'œil à droite et vit Zaktan tendre une sphère zamor à Toa Hewkii. En principe, cette sphère devait inverser l'effet causé par Hakann et redonner à Brutaka sa puissance volée.

Ensuite, nous n'aurons plus que six Piraka traîtres sur les bras, songea-t-il.

— Il semble que nous soyons prêts à partir, dit le Toa du feu. Viens-tu avec nous?

— Non, répondit Axonn. Je reste ici.

— Je comprends. Pour prendre la relève, au cas où nous échouerions?

Axonn secoua la tête et regarda Brutaka, toujours à demi conscient sur le sol.

— Non, Toa. Juste au cas où vous réussiriez.

8

J'aurais dû faire ça il y a des siècles, se dit Hakann, le cœur joyeux. *Quelle puissance! J'ai du mal à comprendre que Brutaka ait choisi de rester sur ce misérable bout de terre alors qu'une telle énergie circulait en lui.*

Un petit Rahi grimpeur fila parmi les arbres au-dessus de lui. En passant, Hakann lança une décharge psychique à la créature et lui grilla le cerveau. La bête dégringola des arbres et tomba raide morte aux pieds du Piraka.

La vie est belle, songea Hakann. *Mais pour certains, son contraire est meilleur.*

Thok le suivait et ses pensées n'étaient pas aussi joyeuses. Bien sûr, il appréciait son pouvoir accru et jouait même avec l'idée de donner vie à une montagne pour voir ce qui se passerait. Mais il savait aussi qu'il ne pouvait pas tourner le dos à Hakann, pas même un instant. À la moindre occasion, son « allié » se ferait un plaisir de l'abattre ou de s'accaparer tout le pouvoir d'une façon ou d'une autre.

Dans ce cas, je devrais peut-être agir le premier. Il considéra l'idée. C'était vrai qu'il pourrait avoir besoin de l'aide d'Hakann pour trouver le Masque de vie, mais une fois qu'ils l'auraient, l'un d'eux serait de trop, de toute façon. *Dans ce cas, ce sera Hakann et ce sera maintenant,* décida Thok.

Le moment était propice. Hakann avait le dos tourné et il était perdu dans ses pensées. Tout ce que Thok aurait à faire, ce serait de donner vie à une dalle de pierre et…

Sans se retourner, Hakann fit subitement tourner son lance-lave sur son bras et tira. Une grosse balle de magma frappa Thok de plein fouet et l'entraîna à toute vitesse parmi les arbres. L'étrange forêt prit feu, les flammes s'empressant de dévorer les arbres centenaires. Encore tout étourdi, Thok vit Hakann s'avancer au milieu des flammes et de la fumée.

— Pauvre Thok, tu es vraiment un piètre stratège, lança Hakann. Tu ne m'as pas vaincu quand je n'étais qu'un Chasseur de l'ombre. Tu n'as même pas eu le courage d'essayer alors que j'étais un Piraka. Et tu crois que tu peux m'abattre maintenant, alors que je dispose de tant de puissance?

Thok ne gaspilla pas d'énergie à lui répondre. Il

Jeux de pouvoir

laissa son pouvoir s'échapper de lui et le dirigea vers les arbres, les pierres... et même vers les flammes. Toutes ces choses, désormais sous son emprise, dirigèrent leur furie vers Hakann. Pris par surprise, le Piraka à l'armure rouge fut forcé de reculer, ce qui permit à Thok de se relever et de s'éloigner du brasier.

— Cette île m'obéit, cria Thok. Cette île en entier! Et si je continue à t'attaquer avec du bois, de la pierre et du feu, tu ne parviendras pas à te concentrer suffisamment pour envoyer des décharges psychiques, Hakann. Penses-y un peu : tu es ici, presque à deux doigts du Masque de vie, mais tu ne vivras pas assez longtemps pour le voir.

Même si Hakann refusait de le reconnaître, il y avait du vrai dans les paroles de Thok. En désespoir de cause, il riposta en lançant des décharges psychiques aux créatures animées qui l'attaquaient. Mais ces créatures de bois, de pierre et de feu n'avaient pas de cervelles à faire griller. Elles existaient seulement par la volonté de Thok.

Il les a voulues... et il les contrôle, se dit Hakann. *Mais il ne peut contrôler que ce qu'il voit.*

Hakann pointa son lance-lave vers le sol et tira trois mégajets de magma. Quand ils entrèrent en contact les uns avec les autres, ils produisirent une tempête de feu qui ne tarda pas à transformer la forêt en cendres et à mettre efficacement Hakann hors de la vue de Thok. Aussitôt, les attaques contre Hakann cessèrent et les créations de Thok redevinrent des objets inanimés.

Les deux Piraka se mirent alors à se déplacer, chacun essayant d'apercevoir l'autre au travers des flammes. Aucun d'eux ne cria de moqueries ou de menaces. Il n'était pas question de révéler sa position en parlant.

Puis Thok eut un coup de chance. Il vit Hakann qui cherchait à atteindre un meilleur poste situé plus haut. De là, il aurait le champ libre pour tirer avec son lanceur de sphères zamor et Thok devrait se contenter de finir ses jours comme esclave.

Thok suivit soigneusement Hakann du regard et, au moment précis, il utilisa sa vision spéciale pour projeter un faisceau lumineux vers son ennemi. Sous l'effet de la vision déstabilisante de Thok qui le privait de tout équilibre, Hakann sentit aussitôt que le monde se mettait à tourner furieusement autour de lui. Il était incapable d'utiliser ses armes ou ses capacités particulières, car il ne pouvait tout simplement pas viser. Il essaya de faire un pas mais tomba face contre terre.

Thok ricana en voyant la scène. Il se dirigea droit vers le Piraka étendu et dit :

— Tu sembles à ta place, à ramper dans la boue. Qui sait? Peut-être quelques coups encore et les effets seront permanents.

Hakann, frustré, poussa un grognement. Être si près de Thok et ne rien pouvoir faire… Les décharges psychiques, le lance-lave, la vision thermique : tous ces moyens d'attaque étaient inutiles, tous.

Hakann s'arrêta. Il sourit – difficile quand on a la figure dans la boue. Il lui restait une chance, une toute petite. Mais le seul ennui, c'était que si son plan fonctionnait, il en sortirait probablement mort.

Avec un peu de chance, Thok mourra le premier, songea-t-il.

Il activa son pouvoir de la vision thermique. Il lança deux faisceaux dans le sol, leur ordonnant de pénétrer profondément dans la terre et le roc. Il imagina les deux rayons brûlants faisant tout fondre sur leur passage avant d'atteindre la cible qui, il l'espérait, se trouvait là-dessous, enfouie.

Bientôt, l'heure ne fut plus aux souhaits et aux espoirs. Une explosion terrible déchira le sol en morceaux et projeta violemment les deux Piraka en l'air. Des deux, seul Hakann avait le sourire aux lèvres.

Toa Jaller aperçut les flammes au loin, puis entendit l'énorme explosion.

— Eh bien, au moins, c'est facile de suivre leur trace.

Nuparu s'éleva dans le ciel et alla survoler la région dévastée. Il ne put voir ni l'un ni l'autre des Piraka à cause de la fumée et la poussière, mais il savait que c'était trop demander que d'espérer que les deux auraient été désintégrés. Il fit demi-tour et vint se poser près de Jaller et d'Hahli.

— Je suis surpris que cela ne se soit pas produit plus tôt, commenta le Toa de la terre. Un Piraka muni d'un pouvoir de vision thermique sur une île volcanique probablement criblée de poches de gaz! Un regard dans la mauvaise direction et... boum!

Toa Kongu courait à leur rencontre.

— Ils sont tous deux vivants, mais ils ont les idées embrouillées. C'est le moment d'attaquer!

Jaller se tourna vers les autres.

— Nous y allons. Kongu, tu es avec Nuparu; Hahli, avec Hewkii; Matoro, avec moi; et les Piraka...

— ... vont se débrouiller par eux-mêmes, trancha

Zaktan d'un ton sec. Nous avons accepté de vous aider et nous avons nos raisons pour cela. Mais nous n'avons pas accepté de recevoir vos ordres, Toa.

— Peut-être aimerais-tu faire trempette à nouveau? demanda Nuparu, l'air moqueur.

Zaktan répondit par un grognement et un regard de haine pure. Puis, lui et les autres Piraka quittèrent le sentier et disparurent parmi les rochers.

— Nous les laissons partir? demanda Hahli.

— Ils empruntent peut-être un chemin différent du nôtre, mais ils vont au même endroit que nous, répondit Jaller. Tout droit dans le feu.

Malgré le pouvoir de Brutaka ajouté au sien, Hakann souffrait. Pas surprenant : l'explosion avait pulvérisé une grande partie de la forêt et projeté en l'air une boule de feu que toute l'île avait dû apercevoir. C'était incroyable qu'il ait survécu, et ce serait un miracle s'il en avait été de même pour Thok.

Heureusement que les Piraka ne croient pas aux miracles, se dit-il.

Non seulement l'explosion avait probablement éliminé Thok, mais elle avait eu une autre conséquence heureuse : elle avait détruit le faux mur de pierre qui cachait l'entrée d'un long escalier en colimaçon menant au cœur de l'île. C'est alors qu'il se souvint des paroles de Brutaka.

« Un escalier... ancien et apparemment sans fin, avait dit Brutaka quand les deux Piraka s'étaient penchés sur lui. Il mène loin, loin sous le volcan et son lac de lave, jusqu'à la Salle du masque. Mais vous ne vous rendrez pas jusque-là... les gardiens du Masque de vie vont vous réduire en atomes et vous éparpiller dans le magma. »

Le souvenir d'Hakann s'arrêtait là. Il fit quelques pas dans l'entrée, puis s'immobilisa.

— Ma foi, dit-il à voix haute, c'est presque une honte d'avoir laissé les autres Piraka derrière. Zaktan et le reste de la bande auraient pu passer devant... comme ça, en cas d'atomisation, ils y auraient goûté les premiers.

— Toujours aussi soucieux des autres, pas vrai? lança Zaktan.

Hakann se retourna d'un bloc et vit les quatre Piraka réunis devant lui, prêts à attaquer. Même si leur puissance était insignifiante, comparée à la sienne, ils affichaient un air féroce. Hakann fit de gros efforts pour ne pas rire.

— Je me demandais quand vous alliez vous montrer, déclara-t-il. J'espère que vous avez pris le temps d'éliminer ces fichus Toa avant de quitter la forteresse. Les masques et la moralité forment une combinaison tellement ennuyante!

Avak attaqua le premier. À l'aide de son pouvoir de créer une prison vivante, il fit apparaître une cage de glace autour d'Hakann. Il donna ensuite un bon coup sur les barreaux, ce qui les fit vibrer et résonner d'un bourdonnement assourdissant. Ce bruit avait pour but de distraire le captif et de l'empêcher d'utiliser ses décharges psychiques.

— Très… efficace, prononça Hakann avec lenteur. Il n'y a… qu'un problème… avec cette cage conçue pour Hakann…

Le Piraka rouge donna un grand coup de poing dans les barreaux de glace et les fit voler en éclats.

— Elle ne conviendrait pas à Brutaka, conclut-il.

Zaktan projeta une partie de sa substance vers Hakann. Les protodites bourdonnants se dirigèrent droit sur la figure souriante de l'ennemi. Hakann répliqua en utilisant ses nouveaux pouvoirs pour hausser de plusieurs centaines de degrés la température de près d'un millier de protodites. Ils se consumèrent un à un, chacun disparaissant dans un petit nuage de fumée.

— J'adore l'odeur du protodite brûlé, grogna

Hakann. Pas toi?

Le puissant Piraka avança de quelques pas et saisit son lance-lave.

— À présent, je vais agir en être charitable et je vais en finir avec vous autres.

Une balle de magma apparut dans le lanceur, prête à éliminer les anciens équipiers d'Hakann. Mais soudain, une épaisse couche de glace se forma autour du lanceur, assez lourde pour faire perdre l'équilibre à Hakann. Reidak ne prit pas le temps de se demander d'où venait la glace. Il se contenta de se jeter sur Hakann et de le renverser.

Vezok se retourna et vit Thok qui approchait, du givre sortant encore de son canon à neige.

— Merci d'être intervenu, dit Vezok.

— Ne sois pas ridicule, répondit Thok en tirant à nouveau avec son arme et en gelant Vezok sur place. Je ne suis pas de ton camp.

Une décharge de feu coupa la route à Thok. Toa Jaller se tenait sur un surplomb rocheux et l'observait.

— Dans ce cas, peut-être est-il temps pour toi de ne faire partie d'aucun camp, Piraka, lança Jaller.

— Comme tu voudras, grogna Thok en saisissant son canon à neige.

Mais avant qu'il ne tire, des décharges d'énergie commencèrent à l'assaillir du haut des airs. Il leva les yeux et vit Toa Nuparu qui volait en transportant Toa Kongu et son arc laser.

Thok n'abandonna pas facilement. Il lança avec violence un jet de glace en direction de Jaller et de Matoro, mais ceux-ci étaient prêts. Ils mêlèrent ce jet aux leurs, produisant un éclair de feu et de givre.

— Il y a un truc de bien avec la glace, cria Nuparu en vol. Ce n'est que de l'eau gelée.

Les décharges de Jaller et de Matoro percutèrent les jets de glace de Thok. Les pouvoirs du Piraka contrèrent ceux des Toa, mais la foudre mêlée aux énergies de ces derniers ne pouvait être arrêtée.

—Et l'eau est un excellent conducteur d'électricité, poursuivit Nuparu.

Les décharges de foudre remontèrent le long de la glace et retournèrent droit sur Thok, l'arrachant littéralement du sol. Il vola dans les airs et alla s'écraser contre une colline à plus d'un kilomètre.

— Mais tu le savais probablement déjà, non? ajouta Nuparu.

À l'autre bout de l'aire de combat, Hakann avait réussi à se dégager de Reidak.

— La dernière fois, tu m'as jeté en plein combat, dit le Piraka rouge. À présent, permets-moi de te rendre la pareille.

Hakann projeta Reidak vers les autres Piraka à une vitesse fulgurante. Avak ne parvint pas à l'éviter à temps et reçut toute la charge sur lui. Zaktan, lui, le vit venir et réussit à ôter ses protodites de la trajectoire.

— Les Toa vont s'occuper de Thok, siffla Zaktan. Mais moi, je vais m'occuper de toi.

Zaktan fit feu avec sa vision laser. Hakann riposta avec sa vision thermique. Les deux faisceaux lumineux se rencontrèrent à mi-chemin entre les deux combattants. L'explosion d'énergie qui en résulta les aveugla et les déstabilisa tous deux. Hakann fut le premier à recouvrer la vue et se jeta sur Zaktan.

Ou plutôt, il tenta de le faire, car une paire de mains solides surgit du sol et lui saisit les chevilles.

— Tu n'as pas l'esprit sportif, déclara Toa Hewkii en émergeant du sol subitement. Si tu ne veux pas jouer selon les règles, tu vas avoir une punition!

Hewkii poussa violemment Hakann qui fut propulsé en l'air. Le Piraka se retourna en plein vol et tira ses rayons thermiques, mais ceux-ci furent frappés par un jet d'eau et de foudre.

Jeux de pouvoir

Thok était de nouveau sur pied. Même s'il savait que les Toa et les Piraka étaient le problème le plus urgent à régler, il ne voulait pas rater l'occasion de se débarrasser d'Hakann. Il utilisa son pouvoir pour geler la colonne d'eau de Toa Hahli et enferma Hakann dans une tour de glace. Puis il s'avança et fracassa machinalement la tour en lui balançant un coup de poing comme il passait à côté. Quelques secondes plus tard, il entendit Hakann s'écraser au sol juste derrière lui.

Toa Nuparu aperçut Thok qui avançait et il voulut avertir Kongu, mais c'était déjà trop tard. Thok frappa le Toa de la terre à l'aide de sa vision déstabilisante, le privant de sa capacité de voir correctement. Incapable de garder la maîtrise de son vol, le Toa amorça une chute en piqué.

— Voilà pourquoi les mineurs ne devraient jamais voler, grommela Kongu en activant son pouvoir élémentaire de l'air.

Il était trop tard pour créer un courant d'air ascendant qui lui aurait permis, ainsi qu'à Nuparu, de rester en l'air. Il dut se contenter de créer un coussin d'air pour éviter qu'ils ne deviennent un tas de petits morceaux d'armure après l'impact. Un instant plus tard, ils heurtaient le sol.

— Deux de moins, déclara Thok. Peut-être que je devrais donner vie à la terre et à la pierre, et les enterrer, n'est-ce pas les Toa? Qu'est-ce que vous en pensez?

— Qui a dit que tu en aurais l'occasion? répondit Toa Jaller.

Matoro, qui se tenait à côté de Jaller, s'écroula soudainement.

— Un Toa qui s'évanouit de peur! ricana Thok. Voilà une journée dont on parlera dans l'Histoire!

Pas pour la raison à laquelle tu penses, se dit Matoro pendant que son esprit survolait le champ de bataille à toute vitesse. Il comptait sur la capacité d'Hahli à le voir et à lui parler lorsqu'il était sous cette forme invisible. Il l'aperçut et, plus important encore, elle l'aperçut à son tour. Il lui fit part de son plan aussi vite qu'il le put.

— On dirait que vous êtes dans une impasse! lança Thok. Vous, les Toa, vous partez. Vous quittez Voya Nui… ou vos deux amis feront partie intégrante de l'île. Et vous savez que je vais le faire.

— Bien sûr que tu vas le faire, répliqua Jaller. Tu es un Piraka. Tu n'as pas d'honneur, tu n'as que de l'avidité; tu n'as pas le sens du devoir, tu ne sais que tricher; et à la place du cœur, tu n'as qu'un trou noir. Même le Masque de vie ne changera rien au fait que tu es déjà mort à l'intérieur, Thok, et que tu le seras toujours.

— Arrête ton baratin, répliqua Thok avec mépris. Vous, les Toa, vous êtes bien bons pour parler, mais vous oubliez que ce sont les gestes qui comptent.

— Dans ce cas, que dis-tu de ça? demanda Hahli.

À l'aide de son pouvoir élémentaire, elle transforma le sol en marécage sous Thok. Le Piraka s'enfonça jusqu'au cou, comme une pierre.

— Allez, gèle ça à présent, continua Hahli. À moins que tu ne sois même pas capable de fracasser ta propre glace.

Thok se débattait pour ne pas sombrer dans la boue. Il n'arrivait pas à prendre appui sur quoi que ce soit pour se hisser hors de là. Il ne lui restait plus qu'à geler le marais puis à le fracasser, si le pouvoir volé à Brutaka le lui permettait. Mais de cela, il n'était pas sûr.

L'instant d'après, quelqu'un saisit Thok par l'échine et le sortit de la boue. C'était Hakann, un Hakann blessé et meurtri, à l'armure écaillée et abîmée, qui regardait Thok avec un mépris évident.

— Moi, je te donne l'occasion d'entrer dans l'Histoire comme l'être ayant vaincu six Toa et toi, qu'est-ce que tu fais? demanda Hakann. Tu tombes dans une mare de boue! C'est pathétique.

— Pathétique toi-même, répliqua Thok. Tu as l'air d'une créature qui aurait joué à cache-cache avec un troupeau de Kikanalo.

— Nous avons tous deux la moitié de la puissance de Brutaka, dit Hakann. Si nous voulons éliminer ces Toa, nous devons travailler ensemble, même si cela me dégoûte.

— Côte à côte, en frappant de toutes nos forces en même temps, approuva Thok.

Les deux Piraka se retournèrent pour affronter Jaller, Hahli, Hewkii et Matoro qui avait repris ses esprits. Curieusement, Zaktan était introuvable, mais ils savaient qu'ils pourraient s'occuper de lui plus tard. Faisant appel à toutes leurs forces et à celles qu'ils avaient volées à Brutaka, ils se préparèrent à assener le coup qui décimerait tous leurs ennemis.

C'était le moment que Toa Hewkii attendait. À l'instant même où le coup des deux Piraka partit, il lança la sphère zamor particulière que Zaktan avait fabriquée. Elle frappa Thok et Hakann à l'endroit exact où leurs deux armures se touchaient.

Le coup des Piraka atteignit son but, emportant les quatre Toa comme des feuilles mortes dans un cyclone. Mais au même instant, la sphère zamor percuta les Piraka et, dans un éclair noir, leur retira le pouvoir volé pour le redonner instantanément à son propriétaire légitime. Secoués par cette perte de puissance subite, tous deux s'écroulèrent sur le sol et s'évanouirent.

Ainsi, il n'y avait plus personne de conscient sur le champ de bataille pour voir les protodites de Zaktan se ressouder avec lenteur au-dessus des corps de Thok et d'Hakann. Et il n'y avait personne non plus pour entendre le chef des Piraka déclarer :

— À présent, mes compagnons tricheurs, mes chasseurs dans l'obscurité… à présent commence le véritable combat.

9

Axonn sursauta en voyant les yeux de Brutaka clignoter et revenir à la vie. Ainsi, les Toa et les Piraka avaient réussi à vaincre Thok et Hakann, et à leur retirer le pouvoir qu'ils avaient usurpé à Brutaka. Mais c'était discutable d'appeler cela une « victoire », car maintenant Brutaka avait retrouvé sa pleine puissance.

— Tu espérais que je meure, dit Brutaka en se levant. Ainsi, tu aurais eu la conscience tranquille.

— Je crois plutôt que c'était ce que *tu* espérais, répliqua Axonn. Mettre fin à l'existence misérable et vide que tu t'étais donnée. Tu as l'occasion de te racheter à présent, Brutaka.

— Pour quoi faire? Pour être un bon petit soldat de l'Ordre de Mata Nui? Pour servir la volonté d'une entité quelconque qui est soit morte, soit agonisante, selon qui l'on interroge? Pour passer encore mille, dix mille ou cent mille ans sur ce caillou, à protéger un masque plutôt que de l'utiliser à mon propre profit?

— Tu sais dans quel dessein le Masque de vie a été conçu, dit Axonn. Et tu sais aussi qui est destiné à le porter… et ce n'est pas toi. Qu'en ferais-tu?

Brutaka sourit.

— Nous savons ce qu'on nous *a dit* à propos du masque. Et si on nous avait menti? Et si ce masque rendait son porteur aussi puissant que le Grand esprit Mata Nui? Et s'il lui permettait de régner sur l'univers?

— Alors, ce serait une chose monstrueuse, répondit Axonn, car on ne pourrait confier un tel pouvoir à des êtres tels que toi et moi, ni même aux Toa. D'ailleurs, tu sais que j'ai raison. La légende du Masque de vie est pure vérité… et tu ne viendras pas souiller ce masque en posant tes mains dessus.

Brutaka fit tourbillonner son épée à deux lames, la faisant passer d'une main à l'autre si vite qu'Axonn ne pouvait la suivre des yeux.

— Comme ça, tu as raison, hein? Dans ce cas, j'imagine que je devrais me réjouir. Il me reste le plaisir de t'anéantir.

— Ma vie n'a aucune importance, répondit Axonn en empoignant sa grosse hache pour se défendre. La tienne non plus, d'ailleurs. Seul le masque compte, et si je devais te combattre toute l'éternité pour le protéger, je le ferais.

— Alors prépare-toi, vieux frère, dit Brutaka, les yeux voilés par la noirceur, car l'éternité commence maintenant.

Toa Hahli fut la première à s'éveiller. Pendant un bref instant, elle songea à quel point elle était heureuse que les Toa Inika n'aient pas été accompagnés d'un Chroniqueur.

Aucun Matoran n'aurait pu survivre à cela, se dit-elle en jetant un coup d'œil à la dévastation qui s'étalait tout autour. *Même pas un être aussi chanceux que Takua.*

Elle s'approcha de Nuparu et de Kongu. Bien que blessés, ils étaient tous deux encore en vie. Ils reprirent connaissance sous l'effet de la bruine rafraîchissante qu'elle projeta sur eux. Elle fit de même avec Jaller, Hewkii et Matoro. Sur les six, c'était Jaller qui était le moins mal en point, son masque lui ayant permis d'une certaine façon d'esquiver le plus fort de l'impact.

— Où sont les Piraka? demanda-t-il en regardant à la ronde.

— Ils étaient déjà partis quand je me suis éveillée,

répondit Hahli. Ce serait trop beau qu'ils aient enfin trouvé la sagesse et qu'ils aient fui l'île, pas vrai?

— Nous savons tous où ils sont partis, rétorqua Matoro. Ils se sont encore engouffrés dans un de ces tunnels sombres dont cet univers semble rempli. Jaller, la prochaine fois que nous partons en promenade, rappelle-moi que je dois emporter quelques pierres de lumière supplémentaires... vingt mille environ.

— Nous partons à leur poursuite, déclara Hewkii. C'est une affirmation, pas une question.

— Et Axonn? Et les Toa Nuva? demanda Kongu.

— Pas le temps, répondit Jaller. Peu importe si c'était notre destinée ou pas de trouver le Masque de vie lorsque nous avons débarqué ici; je crois qu'à présent, ça l'est. Il n'y a personne d'autre que nous pour s'en charger.

— Je suppose que c'est là la vraie nature des héros, réfléchit Hahli. Des êtres qui font ce qu'ils ont à faire... parce qu'ils n'ont pas le choix.

— Turaga Nuju a déjà dit-déclaré que personne ne choisirait jamais d'être un Toa, ajouta Kongu. Personne sauf un Le-Matoran cinglé, bien sûr.

— Peut-être qu'on ne choisit pas une telle destinée, murmura Nuparu. Peut-être que c'est elle qui nous choisit.

Ensemble, les six Toa Inika se tournèrent vers l'entrée du grand escalier menant au Masque de vie. Ils étaient prêts à affronter n'importe quel danger qui pouvait se trouver sur leur route. Ils étaient prêts à accomplir leur destinée.

Beaucoup plus loin, tout en bas des 777 marches qui conduisaient à la Salle de vie, quelque chose remua dans la rivière de lave. Pour quiconque connaissant peu l'endroit, cela aurait pu passer pour un courant isolé dans le magma. Mais pour les Rahi ailés qui infestaient le plafond de la salle, c'était une vision à glacer le sang.

Une longue patte sortit de la lave, d'un mouvement à la fois très gracieux et totalement repoussant. Elle fut suivie d'une autre et d'une autre, jusqu'à ce qu'une créature monstrueuse ait émergé du liquide brûlant. Le conducteur qui chevauchait la bête était encore plus inquiétant. C'était un être masqué aux yeux brillant de folie.

— Ils approchent, Fenrakk, murmura-t-il. Les sens-tu? Ils sont nombreux à nous rendre visite. Viennent-ils simplement nous voir ou viennent-ils chercher le masque? Qu'en penses-tu?

Il n'y eut pas de réponse, seulement le bruit de la lave qui dégouttait des pattes poilues de la créature sur le sol de pierre.

— Oui, tu as raison, reprit le conducteur d'un ton sinistre. Ils veulent le masque. Mais ils ne peuvent pas l'avoir, pas vrai? Il est à moi… à nous. Sans lui, de quoi parlerions-nous? Après tout, notre amitié est basée sur le masque. Tu te souviens de ce quelle était avant? Moi qui essayais de te transpercer et toi qui essayais de me dévorer… Ce n'est pas ainsi que des amis doivent se comporter.

Là-haut, les Rahi en avaient assez entendu. Ils poussèrent un cri et s'envolèrent dans l'escalier, pressés de s'éloigner de cet étrange duo. Le conducteur plissa les yeux et tira une décharge d'énergie à l'aide de sa lance. Le coup toucha un des Rahi, séparant le volatile en deux êtres plus petits et plus faibles, dotés chacun d'une seule aile. Tous deux plongèrent vers le sol et moururent sur le coup.

— Tss, tss, commenta le conducteur. Je dois vraiment apprendre à manier cette lance une fois pour toutes, même si je dois tuer tout ce qui bouge pour y arriver.

Sa monture, la créature appelée Fenrakk, se raidit. Le conducteur savait très bien ce que cela signifiait :

elle avait senti les ennemis approcher.

— Que devrions-nous faire? demanda le conducteur. Nous cacher dans la lave et les attaquer par surprise? Nous laisser tomber du plafond? Ils sont si rares à parvenir jusqu'ici… nous devrions nous arranger pour leur rendre l'expérience amusante. Après tout, ce sera la dernière expérience de leur vie.

Fenrakk et son conducteur avaient les yeux rivés sur le bas de l'escalier. Bientôt, des étrangers franchiraient ce seuil, à condition qu'aucun des autres là-haut ne les aient d'abord éliminés. Alors, ce serait le moment de les accueillir convenablement.

— C'est une bonne idée, chuchota le conducteur. Nous nous contenterons de rester immobiles et silencieux. Quand ils arriveront, ils ne nous remarqueront même pas. Et s'ils nous voient, ils se diront : « Regardez comme ils sont immobiles et silencieux. Ils ne feraient pas de mal à une mouche. » Oui, ils verront combien nous sommes inoffensifs et ils n'auront pas peur de s'approcher de nous, et alors… et alors…

Pour le moment, il fallait attendre. Cela pourrait prendre des jours avant que les visiteurs n'arrivent, ou même des semaines, ou peut-être qu'ils n'arriveraient jamais. Mais dans cette pièce sombre entourée de lave, qu'y avait-il d'autre à faire que d'attendre la venue d'un autre être vivant, le son d'une autre voix... même si cet être ne vivrait pas très longtemps et si cette voix, malheureusement, serait bien vite réduite au silence.

Après tout, songea Vezon, le conducteur du monstre Fenrakk, *l'attente, c'est déjà la moitié du plaisir.*